S

Spiel mit ihr

- 1 -

»Lass mich dein Bauer sein.« Er flüstert. »Dein Tiroler Speck.«

Sie befinden sich in seinem Wohnzimmer mit der verglasten Wand, im vierzehnten Stock, zu ihren Füßen die halbe Stadt. Von diesem Berg hat man wirklich eine gute Aussicht. Das Stroh hat Reinhard im Zoogeschäft gekauft, er hat das Zimmer präpariert, bevor Kristine klingelte. Sie stellte ihre Handtasche auf einen Stuhl und fragte: »Wieso liegt hier überhaupt Stroh rum?« Sie mussten lachen. Er hat die Mistgabel im Baumarkt besorgt, die Kleidung im Internet, das Einkaufen fällt ihm dort leichter, die Erfüllung eines Wunsches ist nie mehr als drei, vier Bewegungen auf der Tastatur entfernt. Eine blonde Perücke, nur die Lederhose war teuer.

Sie haben verabredet, dass eine Kuh vorhanden ist, auf einem Hocker liegt ein schwarzweiß geflecktes Kissen. Der CD-Player ist programmiert. Sie haben den Berg verabredet, einen Alpengipfel, von dem man eine gute Aussicht hat, schroffes Gestein, oben Schnee, aber auf halber Höhe, um ihren Stall herum, sattes grünes Gras. Sie haben den Stall verabredet, in dem die Kuh im Stroh steht, sie haben die Magd verabredet. Die Magd hat ihre Brüste hochgebunden, trägt Holzschuhe und ein ungewöhnlich kurzes Dirndl mit Schürze. Und den Bauern haben sie auch verabredet, mit seiner Lederhose, die einen Hosenlatz zum Knöpfen hat und Hosenträger mit einem Querriegel. Für später haben sie ausgemacht: Gewitter. Der Rest ergibt sich von selbst, Sonne, Himmel, Edelweiß.

Dass er von so viel fremdem Leben Besitz ergreifen könnte, hätte Reinhard früher nie gedacht. »Unser neues Lieblingswort«, flüstert er Kristine ins Ohr, »ist *wahrhaftig*.« Da kommt der Anwalt in ihm durch: dass man so viel *Wahres* erleben darf und nicht dafür *haften* muss.

Die Kuh schlägt mit dem Schwanz nach Fliegen. Sie ist prächtig, sehr sauber, das Euter sieht aus, als hätte es gerade jemand gewaschen. Ein schwindelerregender Blick vom Berg ins Tal hinunter. Die Magd hat blonde Locken, ihre Wangen sind gerötet, sie ist den ganzen Weg vom Dorf hinauf zum Stall gelaufen, um die Kuh zu melken. Sie trägt den Melkeimer in der Hand. Aber hier oben findet sie nicht nur die Kuh, hier oben wartet auch der Bauer.

Der Bauer arbeitet im Stall, brummt nur kurz, als die Magd hereinkommt, in seinen Händen die Mistgabel, er beugt sich vor, richtet sich auf, wirft das alte Stroh quer durch den Stall, er gerät kaum ins Schwitzen. Die Magd hockt sich auf ihren Schemel, im kurzen Dirndl, schiebt den Eimer unter die Kuh und beginnt sie zu melken. Dabei beobachtet sie den Bauern; der aber tut so, als interessierte ihn nichts als das Stroh. Und als die Magd ihren Mut zusammennimmt und etwas sagt, über das Gefühl in den Fingern, wenn die Milch in den Eimer strullt, da knurrt der Bauer, sie solle nicht trödeln und die Kuh nicht durcheinanderbringen.

Die Kuh ist fertig gemolken, der Bauer schielt über die Schulter nach der Magd, die den Melkeimer vorsichtig am Henkel hochhebt. Sie wechseln einen Blick. Von einer Sekunde auf die andere schlägt das Wetter um, erster Donner, aber kein Regen, noch kein Regen, die Magd schnappt nach Luft. Es ist so schwül, dass sie kaum atmen kann. Die Angst vor dem Gewitter steigt ihr in den Hals, was tun, wenn hier oben, hier auf dem Berg, ein Blitz einschlägt? Die Kuh reckt den Kopf und muht, die Magd schwankt.

Da steht der Bauer neben ihr. Zwar tut er nichts, um sie zu beruhigen, aber sie kann sich an seiner Seite sicher fühlen, oder nicht? Doch dann weist er sie an: »Die Milch, bring schnell die Milch ins Dorf.« Erschrocken schüttelt die Magd den Kopf. Sie bemüht sich, den Eimer gerade zu halten, die Milch darf nicht über den Rand schwappen, die Magd weicht zurück. Knarren, Ächzen, das Gewitter ist über ihnen, die Magd kurz davor, in Tränen auszubrechen. Der Bauer ragt wie ein Riese vor ihr auf.

Als es erneut donnert, kann die Magd einen Schrei nicht unterdrücken. Vor Angst wird ihr schwindlig, schnell stellt sie den Eimer ab. Der Bauer hat oft genug gesagt, was ihr droht, wenn sie die Milch verschüttet.

Abwehrend streckt sie die Arme aus, aber plötzlich greift er nach ihr, drückt die starken Hände auf ihre Schulterblätter und zieht sie an sich. Sie kann ihm nicht ausweichen, er presst ihren Kopf an seine Brust wie den einer Kuh, die gerade ihr Kalb bekommt. »Schhhhh. Ruhig.«

Einen Moment bleiben sie so stehen, draußen hält der Wind die Luft an. Dann verlagert der Bauer sein Gewicht, grunzt und greift mit der rechten Hand nach unten. Er schiebt die Schürze der Magd hoch, ihren Dirndlrock, unter dem sie einen derben ausgeleierten Baumwollschlüpfer trägt.

Sie gehen in die Knie, mit einer kräftigen Bewegung dreht der Bauer die Magd herum, behält die Hand unter ihrem Rock. »Aber …«, flüstert die Magd. »Aber ich habe doch Angst vor dem Gewitter, und die Kuh …«

Der Bauer knurrt: »Was hat die Kuh damit zu tun?« Seine Hand tastet, die Magd rutscht ins Stroh. Sie zuckt und ihr Gesicht wird, als sie gerade den Kopf in den Nacken wirft, von einem Blitz erhellt. Der Bauer zerrt an seiner Lederhose, die Natur tobt, die Kuh schreit auf, der Bauer hält die Hand in den Eimer, in die noch warme Milch, schöpft etwas davon ab und gibt der Magd zu trinken. Eine Spur läuft an ihrem Hals entlang. Der Bauer leckt seine Finger ab, die Magd leckt die Finger des Bauern ab, der Bauer tunkt die Hand wieder ein und verreibt die Tropfen zwischen den Beinen der Magd. Er schöpft ihr Milch in den Schoß, jetzt mit beiden Händen, die Milch durchweicht den Rock, der Stoff legt sich um die Schenkel. Nach einem letzten Donnerschlag beginnt es draußen zu regnen und die Magd stöhnt und zittert …

Er schlägt das Buch zu. Er hat einen Knall erwartet, aber das Zuschlagen ruft nur ein mattes Geräusch hervor, weil es sich um ein Taschenbuch handelt, ein zerlesenes Taschenbuch mit einer bäuerlichen Szene auf dem Einband. Eine Kuh, ein Stall, Gras und im Hintergrund, auf dem Gipfel des Berges, Schnee.

Ein mattes Geräusch nur. Die junge Frau fährt trotzdem zusammen, entschuldigend lächelt er sie an, wundert sich, dass sie ihn gehört hat, mit diesem riesigen Kopfhörer über den Ohren. Manchmal erreicht ihn ein unmelodisches Klirren, von dem er kaum glauben kann, dass es Musik ist.

Die junge Frau sitzt ihm gegenüber, sonst ist das Zugabteil leer. Als er gerade Luft holt, vielleicht, um die junge Frau anzusprechen, beugt sie sich vor und beginnt, ihre locker sitzende Strumpfhose hochzuziehen. Mit routinierten Bewegungen, mit spitzen Fingern strafft sie den Stoff, erst unten am rechten Knöchel, dann an der Wade, am Knie, am Oberschenkel, endlich muss sie einen Moment die Pobacke anheben, der Rock ist sehr kurz. Danach nimmt sich die junge Frau das linke Bein vor, bis die Strumpfhose auch hier keine Falten mehr schlägt und sich glänzend an die Haut schmiegt. Die junge Frau trägt rote Schuhe mit Schnallen an den Seiten und Absätzen. Der Rock ist ein nachgemachter Schottenrock, kein Schotte würde so etwas tragen.

Er spürt, dass er rot wird. Schnell greift er sich an den Hals. Der Kragen sitzt noch sicher, steif, eine schwarzweiße Barriere zwischen ihm und der Welt. Er wird den Teufel tun, diesen Kragen zu weiten. Aber der Teufel wartet schon.

Er fragt sich, wie lange die junge Frau keinen Pfarrer gesehen hat. Vielleicht ist sie nicht einmal getauft? Er schwitzt, die junge Frau schlägt das rechte Bein über das linke. Die Abteiltür könnte sich jederzeit öffnen. Die junge Frau stellt die Füße auf den Boden, reckt sich, schiebt sich auf dem Sitz nach hinten, bis sie mit dem ganzen Rücken die Lehne berührt. Dann sinkt sie wieder in sich zusammen, und diesmal schlägt sie das linke Bein über das rechte.

Er räuspert sich, aber die junge Frau ignoriert ihn. Das zweite Räuspern gerät ihm so laut, dass er einen scharfen Schmerz im Rachen spürt. Erst als er nun doch seinen Kragen lockert, zwei Finger zwischen den Stoff und seinen Hals schiebt, erst als er seine eigene feuchte Haut spürt, fragt ihn die junge Frau plötzlich: »Ist Ihnen heiß?«

Er weiß nicht, was er sagen soll.

»Praktisch, so eine Soutane, auf Schwarz sieht man keine Schweißflecken.«

»Was ...« Er macht eine unbestimmte Handbewegung. »Wie ...«

»Was ich höre und wie ich heiße? Valerie.« Die junge

Frau betont den Namen auf der letzten Silbe, sie lächelt unschuldig, ihre Lippen sind schmal und rot angemalt, genau im Farbton der Schnallenschuhe, des Schottenrocks, als gehörte das Lippenrot zu einer Uniform. Jetzt nimmt die junge Frau – Valerie, sie heißt Valerie – doch den Kopfhörer ab und legt ihn sich in den Schoß, schnippt einen unsichtbaren Fussel vom Knie. »Kennen Sie das Hohelied?«

Er ist verwirrt. »Von welcher Gruppe?«

Die junge Frau lacht. »*Wie süß*«, sagt sie, »*schmeckt seine Frucht meinem Gaumen! Dein Schoß ist ein rundes Becken, Würzwein mangle ihm nicht.*«

Der Pfarrer stöhnt leise, streicht über die Falten der Soutane, unter der seine Beine zucken, die junge Frau beobachtet ihn. »Sie wollen wohl«, fragt sie, »nicht über die Bibel sprechen?«

Als die junge Frau ihm die Füße entgegenstreckt, zieht der Pfarrer ihr die roten Schuhe aus. »Feines«, sagt er, »Leder«, seine Hände zittern. Die junge Frau will ihm im Gegenzug beim Ausziehen der Soutane behilflich sein.

»Sie schwitzen doch so.«

Als der Pfarrer längst keine Soutane mehr trägt, nur noch lange Unterwäsche und schwarze Socken, steht er auf dem Polster seines Sitzes und streckt der jungen Frau ein Kreuz entgegen, sie fällt aus der Rolle, »ich bin doch kein Vampir«, aber dann schaut sie noch einmal auf das Kreuz und sieht erschrocken aus.

Als die junge Frau auf dem Abteilboden liegt und

nicht mehr aufhören will zu beichten, »Vater, ich bin schuldig geworden«, kann der Pfarrer den Anblick nicht ertragen, die junge Frau schluchzt, und er hebt sie auf.

Als sie auf dem Schoß des Pfarrers sitzt, ist der Rock verschwunden, mit der Stimme einer Sechsjährigen betet die junge Frau den Rosenkranz, sie beten gemeinsam, bis der Pfarrer statt der Holzperlen Valeries Brustwarzen durch die Finger gleiten lässt, sie einen Moment zusammendrückt. »Groß sind die Werke des Herrn«, sagt Valerie, »oho.«

»Unser neues Lieblingswort«, flüstert Reinhard Kristine ins Ohr, »ist *Beichte*.« Immer, wenn sie gekommen ist, glänzt ihr Gesicht, als wäre die Haut von einer dünnen Lasur überzogen. Er stellt sich ihren Orgasmus länger und intensiver vor als seinen eigenen, er betrachtet sie mit Neid, ihr Orgasmus bleibt ihm fremd. Manchmal öffnet sie dabei die Augen, aber er glaubt nicht, dass sie dann etwas sieht, jedenfalls nicht ihn.

Er trägt noch die Socken des Pfarrers und küsst Kristine auf den Hals, sie muss lachen, wahrscheinlich hat sein störrischer Kinnbart sie gekitzelt oder gekratzt, der Bart ist störrischer als ihr Schamhaar. Sie findet, dass er nicht zu ihm passt, Reinhard weiß das. Weder zu seinem, wie sie sagt, vorgerückten Alter, noch zu seinem vorzeigbaren Beruf. Aber er wird gern als störrisch wahrgenommen. Manchmal wechseln Frauen, wenn er ihnen abends allein entgegenkommt, die Straßenseite; er mag das Gefühl, bedrohlich zu wirken, ohne eine Bedrohung zu sein.

Vielleicht soll der Bart auch kaschieren, dass ihm auf dem Kopf die Haare immer mehr ausgehen.

Er gibt ein Röhren von sich, dann reckt er die Arme in die Luft. Kristine steht von der Couch auf – von der Sitzbank im Zug, denkt Reinhard –, etwas Sperma läuft ihr am Bein hinunter. Sie schiebt die Stellwand beiseite und geht zu dem Stuhl, auf den sie vorhin, vor, wie ihm scheint, langer Zeit, ihre Sachen gelegt hat, die Bluse hängt über der Lehne. Bevor Kristine im Flur verschwindet, lächelt sie Reinhard noch einmal an. Als er die Badtür hört, springt er auf, nimmt seine Brille vom Schreibtisch, auf dem Boden liegen Kleidungsstücke wild durcheinander, mittendrin der Schottenrock und die roten Schnallenschuhe. Die Strumpfhose ist ihnen zerrissen, er wird gleich morgen eine neue kaufen.

Er überlegt kurz, die Soutane wieder anzuziehen, aber dann geht er nackt ins Bad. Kristine stellt gerade einen Fuß auf den Wannenrand und wäscht sich zwischen den Beinen, sie friert, ihre Arme sind mit Gänsehaut überzogen.

»O nein, sieh mir dabei nicht zu!«

Er lehnt sich gegen den Türrahmen. »Wieso nicht?« Immerhin schließt sie die Tür nicht mehr ab wie am Anfang, da stand er fassungslos vor dem Bad und drückte wieder und wieder die Klinke, bis sie von drinnen rief, es dauere doch nur einen Moment.

»Das ist so … banal. Ich wasche mich doch nur.«

»Du hast keine Ahnung, was Männer erotisch finden.«

Kristine ist zehn Jahre jünger als er, vierzig, er hat sich schon manchmal gefragt, ob sie ihre Haare färbt, sie sind schulterlang, weich, und auch das Braun ist weich, ein ungewöhnlicher Farbton. Eigentlich sieht alles an Kristine, obwohl sie schlank ist, nachgiebig und weich aus. Wenn sie sich vorbeugt, schwingen die Brüste kurz nach.

Sie zieht sich an, erst den Slip, noch nie hat er sie einen Tanga tragen sehen, er sollte ihr bei Gelegenheit einen schenken. Sie hakt den BH vor dem Bauch zu, bringt ihn dann in die richtige Position und schlüpft in die Träger, ihr Gesicht glänzt immer noch. Als sie nach der Bluse greift, stößt sich Reinhard vom Türrahmen ab und geht zurück ins Wohnzimmer.

Er hat Glück gehabt mit der Wohnung, zumindest hat das die Maklerin gesagt. Alles ist neu und riecht noch nach Farbe. Als Reinhard Kristine zum ersten Mal zu sich einlud, zwei Monate ist es her, holte sie beim Betreten des Wohnzimmers zischend Luft. Einen Moment war er verunsichert, wie er das deuten sollte. Dann ging sie langsam auf die verglaste Ostfront zu und breitete die Arme aus. »Die ganze Stadt«, sagte sie. »Na ja«, sagte er, »die halbe.«

»Dieser Blick«, hat die Maklerin gesagt, »sorgt dafür, dass sie den Balkon nicht vermissen. Ich weiß, Sie wollten eigentlich eine Wohnung mit Balkon … Wenn Sie bitte trotzdem hier unterschreiben würden?«

Noch immer nackt setzt sich Reinhard auf den Bürostuhl vor dem Computer, drückt wahllos eine Taste. Er spürt das Leder im Schritt. So weit oben zu wohnen hat den Vorteil, dass niemand zu ihm hineinsehen kann.

Obwohl er kein schlechtes Gewissen haben müsste, wenn er einen halben Tag zu Hause arbeitet, packt er sich in solchen Fällen mehr ein, als er in der Kanzlei schaffen würde. Den ganzen Abend wird er mit dem Aktenstapel zu tun haben. Als Kristine vorhin klingelte, hat er das Tippen mitten im Satz unterbrochen. Flüchtig denkt er daran, ihr einen Schlüssel nachmachen zu lassen; dann kann sie, wenn es sich anbietet, auch schon vor ihm in seiner Wohnung sein, etwas vorbereiten, zur Abwechslung einmal ihn überraschen.

Sie kommt im Mantel ins Zimmer, legt ihm die Hand in den Nacken, er lässt den Stuhl herumschwingen und grinst, als ihr Blick an seinem Körper hinabrutscht. »Musst du wirklich schon los?«

Sie nickt. »Ich bin sowieso zu spät dran, um Emma abzuholen.«

Er kennt Kristines Tochter erst seit zwei Wochen, Emma ist sechs, er hat sich Sechsjährige größer und weniger kindlich vorgestellt, schließlich geht Emma seit kurzem in die Schule. Sie hat viel hellere, noch weichere Haare als Kristine, ein flaches rundes Gesicht, Babyspeck am Bauch. Ihre Haut fühlte sich, als sie Reinhard die Hand gab, verschwitzt und heiß an, und auch später hatte er das Gefühl, ihr Körper strahle ständig Wärme ab.

»Ich denke dann an dich«, sagt Reinhard. »Beim Aufräumen.«

Kristine beugt sich zu ihm hinunter und küsst ihn, die Brille ist im Weg, Kristine schlägt leicht mit dem Handrücken gegen Reinhards Schlüsselbein, jetzt aber, sagt die Hand, lass mich gehen, ich muss. Er hält ihre Finger fest. »Dann grüß sie.«

»Emma?«

»Wen denn sonst?«

Sie scheint sich zu freuen, hebt ihre Tasche auf. »Die Schule ist noch so neu für sie. Gestern ist sie mir am Tisch eingeschlafen. Und früh will sie nicht aufstehen. Sie zählt jetzt alles, ihre Stifte, oder die Karos auf der Tischdecke, dabei kannte sie die Zahlen vorher schon ... Willst du mal zum Essen zu uns kommen?«

Als Kristine weg ist, geht er ins Bad, riecht an ihrem Waschlappen, der über der Heizung trocknet, dann zieht er sich an. Die Heizung läuft. Nachdem es schon keinen richtigen Sommer gab, werden sie jetzt auch um den Oktober betrogen, der Wind reißt die Blätter von den Bäumen, obwohl sie noch grün sind, und die Sonne scheint nicht.

Am Abend unterbricht er die Arbeit und trifft sich mit Lars. Lars bezeichnet sich als Reinhards Lieblingskollege; in der Kanzlei gilt er als *alter Hase*, ist aber deutlich jünger als Reinhard, der ihn höchstens auf Kristines Jahrgang schätzt. Irgendwann hat Lars Reinhard mal auf ein Bier eingeladen, in den Keller der *Linde*, und seitdem treffen sie sich ab und zu, immer in der *Linde*, immer nur kurz, und sie trinken immer Bier.

Das hier ausgeschenkte Bier kommt weit aus dem Norden, obwohl es in der Nähe mehrere Brauereien gibt. Reinhard wählt, ohne hinzusehen, einen der dunkel gebeizten Sechsertische und wirft seine Lederjacke über einen Stuhl. Zwischen den Sechsertischen hölzerne Gitter, von denen künstliche Weingirlanden hängen; in der Dunkelheit dieses Kellers hätte keine echte Pflanze eine Chance.

Vor ein paar Wochen hat Reinhard Lars von Kristine erzählt. Dass ihm ihr Profil gleich aufgefallen ist, als es neu hinzukam. 72 Punkte Übereinstimmung. Das ist gar nicht sehr viel, er hatte Kontakte mit mehr als 90 Punkten Übereinstimmung. Damals waren es fünf oder sechs Frauen, denen er gerade regelmäßig schrieb, mehrere andere hatte er bereits getroffen.

Kristine verschwieg im Netz ihren Beruf, genau wie er. »Weil das nicht mein Beruf ist«, hat sie später gesagt, »sondern ein Job.« Eigentlich las sich ihr Profil glatt, wenig aussagekräftig. Aber sie hatte zwei Fotos eingestellt, die unterschiedlicher nicht hätten sein können. Auf dem ersten lächelte sie mit leicht schräg gelegtem Kopf in die Kamera, ein klassisches Bewerbungsbild, Reinhard hörte den Fotografen Kristines Schultern nach oben und unten dirigieren. Das lächerliche Einstecktuch in der Blusentasche hat er außer auf diesem Foto nie an ihr gesehen.

Auf dem anderen Foto trug Kristine einen Minirock,

Netzstrumpfhosen und ein sehr weit ausgeschnittenes Oberteil. Sie lag in einem Sessel, die übereinandergeschlagenen Beine ruhten auf der Seitenlehne, mit einem Arm stützte sie sich ab, der zweite hing vor dem Bauch herunter. Die ganze Haltung wirkte unbequem. Der Mund halb geöffnet, die Augen halb geschlossen. Reinhard mochte an dem Foto genau das: dass es sichtlich gestellt war, wahrscheinlich bis hin zu dem hässlichen modernen Couchtisch neben dem Sessel. Kristine hatte sich für das Foto verkleidet.

Aufgrund dieses zweiten Fotos, das wusste Reinhard, würde sie eine Menge Zuschriften bekommen. Seine eigene Nachricht musste sich abheben, er feilte eine halbe Nacht an den Sätzen. Er schlug ihr etwas anderes vor als die anderen, er bot ihr einen neuen Anfang, einen Weg, auf dem er ihr keinen Zentimeter voraus sein würde. Die Frau auf dem Foto musste entweder erschrecken oder sie würde sofort antworten.

»Die neuen Putzfrauen sind eine Zumutung.« Lars reibt sich mit beiden Händen übers Gesicht. Sie sprechen nie über Fälle, wenn sie sich in der *Linde* treffen, und müssen daher manchmal nach Themen suchen. »Wischen täglich meinen Schreibtisch ab und bringen dabei jeden, wirklich jeden Stapel durcheinander. Die machen mehr Dreck als ich durchs Arbeiten. Aber glaubst du, sie kommen mal auf die Idee, die Fenster zu putzen?«

Der jugendlich gebliebene Lars entspricht viel besser

als Reinhard dem Bild des raffinierten, geschliffenen Anwalts. Wochentags in Anzug und Krawatte im Büro, mit einem Aktenköfferchen, so sehr Aktenköfferchen, dass es eigentlich nur ein Zitat sein kann. An den Abenden und Wochenenden: Squash und Joggen. Und die Freundin. »Partnerin«, sagt Lars immer. »Freundin, das klingt ja, als wären wir siebzehn.« Lars will nicht noch einmal siebzehn sein. Er hat seine Freundin – seine Partnerin – nicht im Internet kennengelernt, sondern im Volkspark, wo sie wie er um den ovalen See mit der Fontäne joggte.

Reinhard nimmt einen großen Schluck von seinem Bier, trinkt, ohne etwas zu schmecken. »Wenn die Reinigungsfirma nichts taugt, wird der Alte sich wieder von ihr trennen. Oder Order ausgeben, was die Fenster betrifft.«

»Der große Mettler hat derzeit nur mit seiner eigenen Trennung zu tun. Schmutzig, nach allem, was man hört. So schmutzig, dass ihm Putzfrauen wirklich egal sind.« Lars lacht, sein Adamsapfel springt. »Ich war ja noch nicht verheiratet, ich weiß nicht, wie sich so eine Scheidung anfühlt. Wie war das bei dir?«

»Schmutzig«, sagt Reinhard.

Lars starrt ihn an.

Reinhard muss grinsen. »Nein, natürlich nicht. Wir haben uns ganz friedlich geeinigt.« Nach einer Pause fährt er fort: »Ich habe den Küchentisch bekommen und sie den Rest.«

»Kein Ehevertrag?«

Seit der Scheidung lässt sich Annemarie beim vollen Namen nennen, nicht mehr Annie wie zuvor. Er war damals erleichtert, dass sie so schnell einverstanden war und alles seinen Gang gehen konnte. Am Ende hatten sie die Wahl zwischen zwei Käufern für das Haus und entschieden sich bewusst für das ältere Ehepaar und gegen die Familie. Annemarie fand eine kleine Wohnung, für die ihr Anteil reichte. Als Reinhard ihr sagte, dass er die Stadt wechseln würde, schien sie das zu verstehen. Sie bat ihn nur, nicht ständig anzurufen. Sie wolle einen richtigen Schlussstrich ziehen. Wenn er sie nicht mehr haben wolle, müsse er auch auf die gemeinsamen Gespräche verzichten. Das wiederum verstand er.

»Sie hat nicht um dich gekämpft?« Lars rollt einen Bierdeckel hin und her, er wirkt enttäuscht.

»Worum hätte sie denn da kämpfen sollen?« Es war Reinhards Leben. Er war damals noch nicht einmal fünfzig, sein Leben war längst nicht vorbei. Annemarie und er, das hatte zwanzig Jahre gehalten, er bereute diese Jahre nicht. Annemarie und er hatten sich nach allen Regeln der Kunst aneinander festgeklammert, eine Insel hatten sie gebildet, auf der es alles gab außer einer Sache.

Reinhards Glas ist so gut wie leer, er hält es an den Mund, kippt es, bis der letzte Bierschaum die Kehle hinunterläuft. Lars holt seinen Mantel von der Garderobe und winkt der Bedienung. Als sie auf der Straße stehen, wissen sie kurz nichts zu sagen, Reinhard hebt die Hand, um sich zu verabschieden. Da fängt Lars an zu lachen und fragt: »Ach, kennst du den schon? Richter im Mordprozess in Helsinki: Angeklagter, wo waren Sie in der Nacht vom 13. November auf den 4. Februar?«

- 2 -

Meisner schiebt seinen dicken Körper durch den Supermarkt. Bei den Birnen sieht er seine Nachbarin stehen, Frau Angerer, daneben ihre Tochter. Eine große Kiste mit unreifen, steinharten, giftgrünen Birnen und eine kleine mit Birnen im Sonderangebot, die schon schwarze Flecken und Druckstellen haben, Fruchtfliegen schwirren um sie herum. Meisner hat die Nachbarin noch nicht oft gesehen, obwohl sie auf dem Stockwerk die einzige ist, pro Etage gibt es im Haus nur zwei Wohnungen.

Die Nachbarin, Frau Angerer, legt mehrere unreife Birnen in eine Tüte. Die Tochter heißt Emma. Er geht näher heran, bleibt ein Stück entfernt stehen und sagt: »Guten Tag.« Die Nachbarin, Frau Angerer, dreht sich um. Die Tochter, Emma, sieht auf. »Ach ja, Sie sind das, Herr Meisner«, sagt die Nachbarin, Frau Angerer, und lächelt ihn an. In ihrem Einkaufswagen Birnen, Bananen, Brot, Butter. Meisner fängt an zu schwitzen. Die Nachbarin, Frau Angerer, ist vor einem Jahr in die Nachbarwohnung gezogen. Manchmal hört er sie: wenn der Staubsauger läuft, wenn sie mit der Tochter, Emma, streitet. Ab und zu hört er auch, dass etwas herunterfällt, ein Topf oder etwas anderes.

Er schiebt seinen dicken Körper von einem Gang in

den nächsten, bis ihm ein Mann von hinten in die Hacken tritt. »Mensch«, ruft der Mann, »wieso gehen Sie denn so langsam, Sie sind doch noch jung.«

Am Nachmittag, drei Stunden später, klingelt es. Meisner schaut durch den Spion und sieht die Tochter der Nachbarin, Emma, einen Schritt zurücktreten. Sie starrt auf das kleine Loch, als könnte sie darin sein Auge erkennen. Er öffnet, wirft vorher einen Blick in den Spiegel neben der Garderobe, er trägt die gleichen Sachen wie im Supermarkt: die braune Cordhose mit den Hosenträgern, ein sauberes Hemd, feste Schuhe, immer feste Schuhe, auch in der Wohnung. Er hakt die Kette aus, öffnet das Sicherheitsschloss, klinkt die Tür auf. Das Kind senkt den Kopf und schiebt sich, ohne etwas zu sagen, an ihm vorbei. Es ist noch nie in seiner Wohnung gewesen, läuft aber zielstrebig ins Wohnzimmer. Meisner legt die Kette wieder vor und folgt ihm.

»Hallo?«, fragt er leise.

Das Kind sieht nur kurz zu ihm hin, streicht zwischen den Möbeln umher, die noch von den Eltern stammen, das Kind verhält sich dabei sehr still. Nicht einmal die Turnschuhe sind auf dem Teppich zu hören. Das Kind trägt Socken, die nicht zusammenpassen, gestreift die eine Socke, einfarbig die andere, die Hosenbeine sind zu kurz.

Als das Kind einmal durchs Zimmer gelaufen ist, beginnt es, die Möbel, die Schränke zu erforschen. Um alles, was auf der Kommode steht, erreichen zu können, holt es sich die Fußbank aus der Ecke. Mit dem Lesestein aus Bergkristall kann das Kind nichts anfangen; es kommt nicht auf die Idee, ihn auf ein Bild oder einen Text zu legen, und entdeckt deshalb nicht, wie er funktioniert. Das Kind nimmt den Lesestein nur in die Hand, hält ihn ins Licht und dreht ihn hin und her.

»Du heißt Emma, nicht wahr?«, fragt Meisner.

Sie nickt. Bevor sie sich an die Schubladen macht, räumt sie die Fußbank zurück an ihren Platz. Auch den Lesestein hat sie wieder an dieselbe Stelle gelegt.

Die unterste Kommodenschublade knarrt, als sie ganz geöffnet wird. Emma räumt sie komplett aus und wieder ein, dann macht sie mit der mittleren Schublade weiter. Sie breitet eine gefaltete Stoffbahn auf dem Boden aus, scheint wissen zu wollen, wie groß das Stück ist. Mit vorsichtigen Schritten geht sie um den Stoff herum.

Meisner weiß nicht, was er tun soll. Auf dem Sofatisch liegt seine Pfeife, sie ist Vaters Pfeife gewesen, und Meisner zieht den Tabak hinterm Kissen hervor und beginnt, die Pfeife zu stopfen. Er stopft sie lose, dann immer fester, während Emma den Stoff wieder zusammenlegt und nun die oberste Kommodenschublade leert. Meisner beobachtet, wie sie dicken Bindfaden von einem Knäuel abrollt, immer mehr, der Bindfaden hängt auf den Fußboden, der Bindfaden legt sich auf dem Teppich in Schleifen, bis es in der Hand des Kindes kein Knäuel mehr gibt, nur noch das lose Ende.

Emma starrt es an. Dann beginnt sie, den Bindfaden wieder aufzuwickeln, sie tut ihr Bestes, trotzdem entsteht nur ein wirres Bündel, das sie verschnürt und in die Kommodenschublade zurücksteckt.

Meisner weiß nicht, was er tun soll, und er raucht. Vor dem linken Fenster steht ein niedriger runder Tisch auf drei Beinen, auf der Tischplatte ein Fleißiges Lieschen. Emma nimmt die Pflanze und stellt sie aufs Fensterbrett. Sie tritt einen Schritt zurück, als müsste sie die Wirkung prüfen, dann stellt sie die Pflanze wieder auf den Tisch. Das Fleißige Lieschen, ein Gewächs aus der Gattung der Springkräuter, Meisners Mutter bekam oft Fleißige Lieschen geschenkt, weil sie Elisabeth hieß und Lieschen genannt wurde. Auf dem Tisch vor dem Fenster hat, solange Meisners Eltern hier wohnten, immer ein Fleißiges Lieschen gestanden.

Plötzlich lässt sich Emma auf die Knie fallen und kriecht unter den Tisch, wo sie die Beine an den Körper zieht. Ein paar Augenblicke sitzt sie still, dann kichert sie laut, Meisner würde gern wissen, was lustig ist, er geht zum zweiten, dem rechten Fenster, öffnet es und klopft die Pfeife auf dem Sims aus.

Die Nachbarwohnung und seine sind unterschiedlich geschnitten. Von draußen, von unten kann man das gut erkennen, schon an der Anzahl der Fenster, Meisners Wohnung ist kleiner, hat ein Zimmer weniger. Aber dieses Fenster hier und das Küchenfenster der Nachbarin müssten in etwa den gleichen Ausschnitt zeigen: vertrocknetes Gras auf dem Platz zwischen den anderen Wohnblocks, Wäschestangen, ein Beet mit Büschen. Jeder Wohnblock hat vier Eingänge, zu denen Stufen aus Waschbeton führten.

Emma kommt unter dem Tisch hervor, holt die Fußbank, stellt sich neben Meisner ans Fenster und sieht ebenfalls auf den Hof. Sie zuckt mit den Schultern. »Ich könnte«, sagt sie plötzlich, »genauso gut da drüben sein. Meine Mutter denkt das. Thomas hat zwei Meerschweinchen, die ganz verschieden aussehen. Thomas wohnt dort drüben. In der Nummer Drei. Wir wohnen in der Nummer Eins. Ich mag die Eins, weil sie so gerade ist.«

»Nein, sie ist ungerade.«

»Was?«

»Die Eins ist eine ungerade Zahl.«

Im nächsten Moment dreht sie sich um und verlässt die Wohnung, wobei sie, wie Meisner hören kann, kurz Probleme mit der Kette hat. Er bleibt erst am Fenster stehen. Aber dann ist er unsicher: Hat Emma die Tür richtig geschlossen? Er geht in den Flur, legt nicht nur die Kette wieder vor, sondern dreht auch den Knauf des Sicherheitsschlosses zweimal herum. Danach lehnt er erschöpft die Stirn ans Holz.

- 3 -

Kristine nimmt Reinhard die Jacke ab und hängt sie auf einen Bügel, seine uralte Lederjacke, die man einfach in eine Ecke werfen könnte, er muss lachen, aber Kristine streicht zärtlich mit der Hand über die Narben an den Ärmeln und eine abgeschabte Stelle. Die Jacke besitzt er seit seiner Ausbildung, vor dem Studium hat er Zimmerer gelernt.

Kristines Po unter dem Wollrock, ihr Rücken vor der Garderobe, gerade, in einem weichen Pullover. Kristine streckt oft den Hals zu weit vor, dadurch haben sich im Nacken die Muskeln verhärtet. Als hätte sie Reinhards Blick gespürt, dreht sie sich um, küsst ihn auf den Mund, im ersten Moment weicht er überrascht zurück. Er stellt seine ebenfalls alte, ebenfalls lederne Aktentasche auf den Boden.

Er ist nicht zum ersten Mal in Kristines Wohnung, aber zum Essen hat sie ihn noch nie eingeladen. Er kommt direkt aus der Kanzlei, ist den Hügel hinaufgefahren und hat vor Kristines Haus geparkt. Sie greift nach seiner Hand, zieht ihn ins Schlafzimmer, an dem Tischchen vorbei, auf dem das Telefon steht, kein kabelloses, ein altes Telefon. Kristine schließt schnell die Schlafzimmertür ab, sie drückt sich an Reinhard, so kennt er sie gar nicht, beim Küssen presst er die Zungenspitze erst leicht, dann stärker gegen eine scharfe Kante ihres Schneidezahns. Gleichzeitig macht er die Augen auf. Wirkt Kristines Schlafzimmer düster, weil die Vorhänge zugezogen sind? Oder liegt es am Teppich? Das Bett ist schmal, die einsame Decke sorgsam gefaltet, nicht einmal ein zweites Kissen kann er entdecken. Am Kleiderschrank hängen Röcke und Blusen, der Laptop steht auf einem Hocker.

Kristine saugt an Reinhards Unterlippe und scheint das fleischige Gefühl zu mögen, er selbst empfindet wenig dabei. Endlich lässt sie ihn los, fährt sich mit der Hand durch die Haare, während sie die Tür wieder aufschließt. »Das Essen«, sagt sie.

Es gibt Eier in Senfsoße mit reichlich Kapern, dazu Kartoffeln, Gurkensalat. Als Kristine Reinhard bittet, Emma zu holen, fällt ihm ein, dass er dem Kind etwas mitgebracht hat. »Gib es ihr nachher«, sagt sie, »sonst isst sie überhaupt nichts.« Kein Geräusch aus Emmas Zimmer, die Tür ist geschlossen.

Leise klinkt er sie auf – und fährt zurück. Emma sitzt auf der Bettkante, ihm genau gegenüber, und sieht ihn an, als hätte sie schon eine ganze Weile auf diese Stelle gestarrt. Ihre Füße akkurat ausgerichtet nebeneinander, die Hände liegen auf der Decke. Bevor Reinhard etwas sagen kann, springt Emma auf, er weicht zur Seite, und sie läuft an ihm vorbei in die Küche. Auf dem Bett bleiben die Kuscheltiere zurück, darunter ein Barbiepferd mit Gummisattel und eine Plüschmaus oder -ratte, die bestimmt einmal grau war, jetzt aber fast ihr ganzes Fell verloren hat.

In der Küche hockt Emma schon auf dem Kinderstuhl und dreht ihren Teller, bis Pu der Bär nicht mehr auf dem Kopf steht. Sie pustet gegen ihren Pony, die Haare fliegen zur Seite. Emma erinnert Reinhard an die Mädchen in schwedischen Filmen, ihre Haare sind unglaublich hell. Dabei ist Emma nicht hübsch, ihr Gesicht ist zu flach, der Hals zu kurz, alles an ihrem Körper wirkt breit. An dem Tag, an dem Reinhard Emma kennenlernte, trug sie eine Schirmmütze, die ihr zu groß war und sie noch jungenhafter aussehen ließ. Auf der Nase hatte sie so viele Sommersprossen, dass sie ineinander übergingen; mittlerweile sind die Flecken blasser, aber verschwunden sind sie nicht.

»Sag Guten Tag!«, sagt Kristine vom Herd.

»Tag.«

»Und setz dich richtig hin.«

Reinhard schaut zwischen den beiden hin und her. »Was ist denn los?« Kristine zuckt die Achseln, stellt Schüsseln auf den Tisch und verteilt das Essen. Emma fingert an ihrem Stiftemäppchen herum, das neben einer leeren Blumenvase liegt.

Als Reinhard die Frage wiederholt, diesmal nur an das Kind gerichtet und mit einem verschwörerischen Unterton, blitzt Emma ihn böse an. »Du bist schuld, dass es keine Spiegeleier gibt.«

Kristine schnaubt. »Letzte Woche hat Madame das noch gern gegessen.«

»Das ist aber scharf.« Emma starrt auf ihren Teller.

»Scharf kann bei Madame alles bedeuten, von *es sind Tomaten dran* bis *es muss noch abkühlen.* Das schaust du dir von Lina ab, so mäklig zu sein.«

Emmas Unterlippe zittert. Wenn sie jetzt in Tränen ausbricht, denkt Reinhard, ist der Abend gelaufen. Eine Zeitlang essen sie schweigend, Emma nur hin und wieder ein Stück Kartoffel. Schließlich beugt sich Reinhard zu ihr hinüber und flüstert: »Schau mal!« Mit seiner Gabel fischt er die winzigen Kapern aus ihrer Soße, lässt neben dem Tellerrand ein Gesicht wachsen: zwei grüne Kapernaugen, ein breit grinsender Kapernmund, darum ein Kapernkreis. Emma lacht. Reinhard flüstert: »Jetzt iss aber.«

»Und zwar auch den Gurkensalat«, sagt Kristine. »Das ist Gemüse, das ist gesund.«

Während Emma sich vorsichtig, die Soße herunterkratzend, der zwei Eier annimmt, redet Kristine über ihren Job. »Du ahnst nicht, wie sich die Tage ziehen. Nichts ist anstrengender, als sechs Stunden am Stück gar nichts zu tun. So habe ich mir mein Leben nicht vorgestellt.«

»Du machst das doch nur«, sagt Reinhard, »bis sich was Neues ergibt.«

»Das wäre dann Vollzeit, Vollzeit, Vollzeit – außerdem bin ich zu lange draußen ... Ich glaube nicht mehr, dass ich was finde.«

»Dann glaub an was anderes. An Gott. Glaub an mich. Oder glaub an deine kraftstrotzende Jugend.«

Unterm Tisch drückt sie ihr Knie gegen seins. »So jung bin ich auch nicht mehr.«

Emma hat die Verwüstung auf ihrem Teller in Häufchen sortiert, Kartoffelreste, Eireste, nur das grüne Gesicht hat sie nicht angerührt. »Wie alt bist du, Mama?«

Bevor Kristine antworten kann, bremst Reinhard sie mit einer Handbewegung und einem Blick. »Was denkst du denn, Emma?«

Das Kind presst die Lippen aufeinander, spielt mit seiner Papierserviette herum, versucht, sie in einem Spalt des Stuhls einzuklemmen. Kristine nimmt Emma die Serviette aus der Hand.

Reinhard gibt nicht auf. »Jetzt sag mal.«

»Lass sie doch. Emma, wenn du willst, kannst du gehen. Ich bringe dir gleich deine Honigmilch. Danach Zähneputzen. Nimm die Stifte mit.«

»Nein, nein, nein, nein, nein.« Reinhard stoppt Emma, als sie aufspringt und nach ihrem Mäppchen greift, er hält sie am Arm fest. »Du musst doch nur raten, wenn du es nicht weißt. Wie alt schätzt du deine Mutter?« Er lacht.

Emma drückt das Mäppchen mit beiden Händen an die Brust und versucht, sich aus Reinhards Griff herauszuwinden.

»Hiergeblieben! Du schuldest mir eine Antwort!«

Kristine öffnet den Mund und will etwas sagen, aber als Emma begreift, dass sie sich nicht befreien kann, ruft sie schnell: »Sechsundzwanzig!«, und Reinhard lässt sie los. Sie läuft sofort aus der Küche.

Jetzt muss auch Kristine lachen, das Lachen bricht aus ihr heraus, ungebremst, unerwartet, als hätte sich ein Schalter umgelegt.

Reinhard streckt die Beine aus und klemmt Kristines Unterschenkel ein. »Was für eine höfliche Tochter du hast.« Er verstärkt den Druck. »Und welche Frage beantwortest *du* mir, damit ich dich gehen lasse?«

»Ich könnte dir verraten, dass du Ei im Bart hast.«

Schnell wischt er sich ab.

Kristine lässt den Rauch aus der Nase ausströmen. Sie hat den Tisch nicht abgeräumt, die schmutzigen Teller und Gläser stehen noch vor ihnen. Vielleicht stellt sie sich so ihr Leben vor – dass sie einmal nicht das Nächste tun muss, den notwendigen nächsten Schritt, der sich folgerichtig aus dem letzten ergibt. Der Tisch muss abgeräumt werden, weil das Kind morgen frühstücken will. Die Honigmilch muss aufgeschäumt werden, weil sie sonst eine Haut bildet, vor der das Kind sich ekelt.

Kristine schließt die Augen.

»Habe ich dir mal erzählt, wie ich aufgehört habe?« Reinhard klopft einen Rhythmus auf die Tischplatte, ein Lied, das er am Morgen im Radio gehört hat, er hat vergessen, wer das singt, es will ihm einfach nicht mehr einfallen, so lange er auch klopft. »Nur auf diese eine Zigarette, habe ich mir immer gesagt, verzichtest du noch. Diese eine Zigarette musst du jetzt wirklich nicht rauchen. Die nächste ist okay, aber nicht diese.« Als Kristine schweigt, fährt er fort: »Ich habe mich überlistet, verstehst du?« Er hält die Finger still. »So kannst du es auch schaffen.«

Sie öffnet die Augen wieder, sieht ihn kurz an, dann drückt sie die Zigarette aus. »Verlangst du das?«, fragt sie nachdenklich. »Verlangst du, dass ich aufhöre?«

Er lächelt und schüttelt den Kopf.

Später hört er zu, wie sie Emma ins Bett bringt. Dabei muss sie die Decke feststopfen, bis sich das Kind kaum noch bewegen kann. Kristine fragt Emma, ob sie nachts schwitzt.

»Einer Wurst kann nicht heiß werden.«

»Was?«

»Ich bin eine Wurst.«

»Schlaf gut, Wurst.« Kristine klingt zerstreut. »Schlaf jetzt, sonst wirst du geräuchert.«

»Mama … darf ich ein Meerschweinchen haben?«

»Wie oft denn noch? Nein. Auf keinen Fall.«

»Warum nicht?«

»Ich will es nicht noch einmal erklären. Es geht eben nicht.«

Etwas raschelt, dann spricht Emma leiser: »Mama, wie alt bist du wirklich?«

»Vierzig.«

»So alt?«

Reinhard greift nach einer Zeitung, die auf der Heizung neben dem Tisch liegt. Sein Alter – er nimmt es wahr wie etwas, das ihm zugeordnet wird, wie eine Steuernummer. Man kann nichts dagegen tun, dass man diese, und zwar genau diese, Nummer bekommt. Aber warum sollte man auch? Sie bedeutet ja nichts.

Er schlägt die Zeitung auf.

»Emma, hast du dir wirklich die Zähne geputzt?«

Nach der Trennung von Annemarie hat es Momente gegeben, in denen er sich alt vorkam. Die Fünfzig ließ ihn nicht kalt, das war ein halbes Jahrhundert, fünfzig Jahre zuvor hatte es vieles, woran er glaubte, noch gar nicht gegeben. Es hatte kein Satellitenfernsehen gegeben, und kein Internet.

Er bekam die Panik unter Kontrolle, als er anfing, sich über das Datingportal zu verabreden. Sobald er mit einer Frau im Bett lag, verließ ihn die Angst. Auch wenn das damals bloß normaler Sex war, der schnell langweilig wurde. Übungen, denkt er im Nachhinein.

Man ist so alt, wie man sich fühlt. Reinhard klopft den Satz auf den Tisch. Endlich hat er einen anderen Rhythmus im Kopf als das Lied aus dem Radio.

Er sagt: »Ich habe dir eine Mail geschrieben. Aber du hast sie wahrscheinlich noch gar nicht gelesen, oder?«

Das Kind schläft, sie stehen in Kristines Schlafzimmer, Kristine hat wieder die Tür abgeschlossen, obwohl sie hier sowieso nichts machen können. Sie geht zum Laptop auf dem Hocker, klappt ihn auf und lässt ihn hochfahren, dann gibt sie das Passwort ein. Ihre Knie auf dem Teppich, Kristine lächelt Reinhard an.

»Darf ich dir dabei zusehen«, fragt er, »wenn du die Nachricht liest?«

Sie wird rot, nickt aber. Auf dem Laptop erkennt man jetzt das Hintergrundbild, Emma auf einer Schaukel, Kristine öffnet den Posteingang, dann Reinhards Nachricht, die einzige neue. Er hat auch ein Foto verlinkt.

Noch bis aufs Komma weiß er, was er geschrieben hat, was er ihr vorschlägt fürs nächste Treffen. Er hat nur ganz kurz auf seine Liste geschaut. Die Liste hat er Kristine nie gezeigt. Er hat das gleich am Anfang so entschieden, weil er gespürt hat, dass die Überraschung für sie ein wichtiges Element ist.

Reinhard hat die Liste vor zwei Monaten erstellt und ausgedruckt, während einer langen Samstagnacht vor dem Computer, an deren Ende er so erregt war, dass er sich an die riesige Fensterscheibe lehnte und über der schlafenden Stadt masturbierte. Allein die Erinnerung lässt ihn schwitzen, er spürt sie bis in die Fingerkuppen und Zehen. Er nimmt die Brille ab und legt sie auf den Nachttisch.

»Kristine?« Er flüstert. »Was sagst du? Möchtest du das? Sobald wie möglich?«

»Ja.« Sie flüstert ebenfalls. »Das möchte ich.«

Er hatte damals nicht das Gefühl, seine Liste müsse besonders originell sein. Das hat er auch heute nicht. Für ihn ist das alles genauso neu wie für Kristine. Er wusste vorher nicht einmal, ob es funktionieren würde.

Sie steht auf. Kurz sind sie unsicher, was sie jetzt tun sollen, es ist schon spät. Dann macht Kristine einen weiten Schritt, stolpert und lässt den Kopf ungeschickt gegen Reinhards Brust fallen. Als sie ihn berührt, spürt er einen leichten elektrischen Schlag, er verzieht das Gesicht, in Kristines Wohnung ist ihm das bereits mehrmals passiert, allein zweimal, als er die Vorhänge im Wohnzimmer angefasst hat.

Er streichelt ihren Hinterkopf. »Das ist schön. Dass du dir das vorstellen kannst.«

»Ja.« Sie drückt sich noch fester an ihn. Er spürt ihren Atem, durch das Hemd hindurch, wie einen feuchten Fleck. »Mit dir kann ich mir alles vorstellen. Soll ich dir was verraten?« Am Anfang hat er sich von der Weichheit ihres Körpers täuschen lassen und sie unterschätzt, dabei hat Kristine viel Kraft.

Schnell lässt er seine Hände ihren Rücken hinunterrutschen, legt sie um ihren Po. »Dass ich dich wachgeküsst habe?«

Sie will auffahren, spannt alle Muskeln an, ihr Po zuckt. »Musst du so eingebildet sein?«

Er brummt und steckt die Nase in ihre Haare. »Du kommunizierst wie der Dodo.«

»Was?« Ihr Po zuckt schon wieder unter seinen Fingern.

»Der kommuniziert auch mit dem Arsch.«

»Was ist denn ein Dodo?«

Er beugt sich noch weiter hinunter, drückt eine Handkante gegen Kristines Rock, bis ihr Po endlich Luft holt, sie kurz die Pobacken öffnet und seine Finger einklemmt, so dass er ihre Hitze spüren kann.

»Ein ausgestorbener Vogel«, sagt er. »Sehr groß.

Konnte nicht fliegen. Musste er auch nicht, weil er keine Fressfeinde hatte. Hast du Fressfeinde?«

»Habe ich? Eigentlich hätte ich dich gern für mich allein.«

Ihr Po schnurrt in seiner Hand.

»Jedenfalls«, sagt Reinhard, »war der Dodo, pardon, ziemlich fett.« Er nimmt die Hände kurz weg, packt dann überraschend zu, Kristine kreischt auf. Ihr Atem verändert sich. Als halte sie immer kurz die Luft an, um danach in einem hastigen Stoß auszuatmen.

»Er hat gelbe Eier gelegt. Er hatte keinen Schwanz, nur ein Büschel Federchen.«

Reinhard drückt und reibt jetzt mit beiden Händen. Kristine zittert, streichelt seinen Rücken und tritt von einem Bein aufs andere.

Es fehlt, denkt Reinhard, wenig. Aber genau in diesem Moment kommt etwas hinzu, etwas, das jedenfalls nicht gefehlt hat, sondern sofort zu viel ist. Schritte im Flur. Kleine Füße, kurze Schritte. Gleich darauf hört Reinhard die Stimme vor der Schlafzimmertür.

»Mama.«

Kristine lässt ihn los und schließt die Tür auf, schaltet das Licht im Flur an. Das Kind blinzelt.

»Warum hast du abgeschlossen, Mama?«

»Nur so. Was ist denn?«

»Ich habe Durst.«

Kristine lacht. »Du hast Durst? Obwohl du deine Milch getrunken hast? Das ist ja mal was Neues.«

Sie verabschieden sich an der Tür, nachdem sie den Tag und die Uhrzeit ausgemacht haben und Kristine weiß, was sie mitbringen soll. Als Reinhard sie zum Abschied küsst, fällt ihm etwas ein. »Ich habe doch ein Geschenk für Emma.«

»Ich werde sie bestimmt nicht noch einmal wecken«, sagt Kristine. »Ich bin froh, dass sie wieder eingeschlafen ist.«

Er zieht eine Tüte aus der Aktentasche, öffnet sie und lässt Kristine hineinschauen. Es dauert eine Weile, bis sie es bemerkt … »Weißt du, die sieht aus wie meine.«

Ja, genau das hat er auch gedacht, als er die winzige Tasche im Kaufhaus entdeckte. Sie ist eine perfekte Miniaturausgabe von Kristines Handtasche – nur dass Kristines Tasche nicht pink ist, und wahrscheinlich auch nicht aus Kunstleder.

»Du musst ihr doch nichts schenken. Ich gebe sie ihr morgen, wenn sie aus der Schule kommt.«

Er droht mit dem Finger. »Aber nicht selbst behalten.«

»Ich gebe sie ihr. Danke. Ach danke, Reinhard. Für alles. Gute Nacht und schlaf gut. Bis Donnerstag. Bis bald. Reinhard …« Sie fällt ihm um den Hals.

- 4 -

Nachdem Emma ihn mehrmals besucht hat, müsste sie, denkt Meisner, seine ganze Wohnung kennen. Alle Schrankfächer, Regalfächer und Schubladen, die sie erreichen kann, hat sie mindestens einmal ausgeräumt. Eine Stunde lang hat sie Meisners Socken und Kniestrümpfe auseinander- und wieder aufgerollt, danach hat sie die Paare gezählt und nach Farben sortiert.

Um an mehr Fächer und Schubladen heranzukommen, benutzt Emma die Fußbank. Mal in der Küche, mal im Wohnzimmer, sie stellt sie in die Durchreiche, läuft schnell durch den Flur und zieht von der anderen Seite an der Fußbank, bis sie ihr entgegenkippt. Wenn sie die Fußbank nicht schnell genug auffängt, kracht sie auf den Boden.

Zwischen den Sachen des Vaters, im Schrank im Flur, findet Emma die Botanisiertrommel des Großvaters. Sie ist aus Blech, verziert mit einem Bild, auf dem Kinder spielen, Kinder mit Strohhüten. Die Botanisiertrommel ist zerbeult, aber man kann sie noch benutzen, man kann sie sich sogar nach wie vor an einer Kordel um den Hals hängen.

Am Vormittag, wenige Stunden bevor Emma bei ihm klingelte, ist Meisner in einem Blumengeschäft gewesen. Die junge Verkäuferin lehnte an der Wand. Meisner sah sich die Blumen an; die Lilien, die in Kübeln auf dem Boden standen, waren teilweise fast verblüht, teilweise waren noch alle Blüten geschlossen.

»Gehen die denn schnell auf?«, hat er die Verkäuferin gefragt.

Sie verschränkte die Arme und schnaubte: »Sollen die gar nicht, die sollen ja zwei Wochen halten.«

Endlich sah er eine Lilie, die richtig schien, und zog sie aus dem Kübel. Die Verkäuferin nahm nicht einmal die Arme herunter, während sie sagte: »Das darf man bei mir nicht.« Meisner verstand erst nicht, was sie meinte, bis sie sich von der Wand abstieß und den Satz wiederholte: »Das darf man bei mir nicht, die Blumen selbst da rauszerren, das gehört sich nicht.«

Er entschuldigte sich, trotzdem riss sie ihm die Lilie aus der Hand und stopfte sie zurück in den Kübel. Meisner zeigte hastig auf eine andere Sorte, Stängel mit vielen Blüten; er wusste nicht, was für Blumen das waren. »Dann nehme ich drei von den Gelben hier. Bitte.«

»Welche Gelben? Das ist Orange.«

»Dann Orange. Drei. Bitte.«

Er schwitzte, das Hemd war schon klitschnass, darüber der Mantel, Vaters Übergangsmantel, wahrscheinlich auch nass. Der Mantel war nicht waschbar, er durfte keine Flecken bekommen.

Die Blumen auf dem Tisch in der Küche, Meisner stellt die Botanisiertrommel daneben. Der Großvater hat vor dem Krieg ein Herbarium angelegt, das dann verloren ging.

Emma sieht Meisner an, als würde sie etwas von ihm erwarten. Offenbar hat sie alle Schränke untersucht und nun nichts mehr zu tun. Er streicht sich die Handflächen an der Hose ab.

»Hast du vielleicht«, fragt er, »Hunger?«

»Nein«, sagt sie.

Aber weil sie ihn weiter unverwandt ansieht, geht er dennoch an den Kühlschrank. Er nimmt Butter heraus und Marmelade, bestreicht eine Scheibe Knäckebrot damit. Knäckebrot könnte er selbst jederzeit essen, den ganzen Tag. Er zieht einen Küchenstuhl ein Stück zurück und sagt zu dem Kind: »Komm, setz dich doch. Bitte.« Wieder denkt er an die Verkäuferin, auch zu ihr hat er sieben- oder achtmal *bitte* gesagt, und danach immer *danke*.

Endlich setzt sich Emma an den Tisch. Er stellt ihr den Teller hin und sie beißt in das Knäckebrot, zuerst so, als wollte sie es ebenfalls nur untersuchen und prüfen. Aber dann scheint sie Hunger zu bekommen und isst schnell auf. Erleichtert bietet er ihr mehr Knäckebrot an, doch sie schiebt den Teller weg. Sie baumelt mit den Beinen, sieht aus dem Fenster, ein Stück Himmel und die Dächer der anderen Blocks.

Meisner räuspert sich. »Oder möchtest du etwas trinken?«

Sie schüttelt den Kopf. »Ich habe nie Durst. Ich bin ein Durstwunder.«

Wenig später verlässt sie seine Wohnung, wie immer ohne es anzukündigen und scheinbar ohne bestimmten Anlass. Plötzlich steht sie auf und marschiert hinaus.

Meisner holt als Erstes den Handfeger und kehrt die Dreckwürste auf, die aus ihren Turnschuhen gefallen sind. Auch vom Teppich im Wohnzimmer sammelt er Erdbröckchen. In der Küche betrachtet er die Botanisiertrommel, er wischt den Tisch ab, zieht dann die Vase zu sich heran, wählt eine der gelben Blumen aus und schneidet mit der Küchenschere den Stängel ab. Den Namen der Blume weiß er immer noch nicht. Er geht ins Wohnzimmer, findet im Regal ein Buch über Schnittblumen, das er mitnimmt und Seite um Seite durchblättert.

Der Stängel, den er gekürzt hat, teilt sich oberhalb des Schnittes viermal. Im Buch wird das eine zusammengesetzte Dolde genannt. An jedem Seitenspross sitzt eine große, weit geöffnete Blüte, an zwei Sprossen zusätzlich eine kleine, außerdem Knospen. Gelbe Blütenblätter, auf einem Teil von ihnen sehr schmale, rote Striche.

Meisner findet heraus, dass es sich um eine Inkalilie handelt. *Alstroemeria aurantiaca*. Er holt zwei große Holzbretter und eine Doppelseite seiner Wochenzeitung, schiebt die Blume zwischen die Zeitungsseiten. Das eine Brett legt er auf den Fußboden, darauf kommt die Zeitung mit der Blume, dann folgt das zweite Brett, das er mit Büchern beschwert.

- 5 -

Reinhard schätzt die Vorbereitungen fast so sehr wie das Spiel. Am liebsten ist er dabei noch allein, Kristines Anwesenheit bringt ihn eher aus dem Rhythmus. Auch diesmal beginnt er rechtzeitig, das Wohnzimmer zur Arztpraxis umzubauen. Hilfreich ist, dass er den Raum sowieso kühl möbliert hat, mit einer Ledercouch, die gut in einem Wartezimmer stehen könnte, mit schwarzen Metallregalen. Der Esstisch mit der Schieferplatte ist so lang, dass Kristine darauf liegen kann. Den passenden Couchtisch brauchen sie heute nicht, er trägt ihn ins Schlafzimmer. Reinhard hat weiße Laken besorgt, glatt und frisch gebügelt, gestärkt, dazu die nötigen Instrumente und einen Scheinwerfer für kaltes Licht. Am Schreibtisch werden sich der Arzt und die Patientin während des ersten Gesprächs gegenübersitzen.

Am Ende geht er mit einer Flasche Desinfektionsmittel durch den Raum und sprüht hier und da etwas davon in die Luft – er schnuppert – er weiß, wenn es ernst wird, sind Kristine und er dankbar für diese kleinen Manipulationen.

»Helfen Sie mir, bitte!« Die Patientin fleht mit brüchiger Stimme. »Ich kann das Gefühl einfach nicht ertragen. Nicht einmal ich selbst fasse mich dort an, seit Jahren schon nicht mehr. Wenn man mich an dieser Stelle berührt, verkrampft sich mein ganzer Körper. Niemandem ist es je gelungen, bei mir etwas … einzuführen. Ich habe noch nie einen Tampon benutzt. Können Sie mir helfen?«

Der Arzt streicht sich bedeutungsvoll über den Bart. »Ein schwieriger Fall. Ziemlich aberrant. Es gibt eine Therapie, eine einzige. Aber sie ist umstritten. Schmerzhaft. Nur ohne Analgetikum durchzuführen. Sie wissen nicht, worauf Sie sich einlassen.«

Die Patientin zittert und zögert. Sie trägt einen Minirock aus Stretchstoff, sitzt mit fest übereinandergeschlagenen Beinen da, dann scheint sie einen Entschluss zu fassen. »Alles. Was Sie wollen. Wenn ich nur endlich …«

Zufrieden bittet der Arzt sie, sich auf den Tisch zu legen, der in der Mitte des Raumes steht. Die Arme und Beine sollen an den Seiten herunterhängen. Ihre Schutzhaltung aufzugeben fällt der Patientin sichtlich schwer.

»Haben Sie Vertrauen. Vertrauen ist das A und O. Wie in *Tampon*. Sie verstehen? Erst das A und dann das O.« Der Arzt lacht, aber der Fall ist ernst …

Beim ersten Handgelenk merkt die Patientin noch nichts, der Arzt ist geschickt, sie spürt nur ein leichtes Kitzeln. Als sie hochschreckt, hat er bereits das zweite Handgelenk am Tischbein festgebunden, mit Gurten zur Fixierung, wie sie auch in Krankenhäusern benutzt werden. Der Arzt lächelt. »Das A«, flüstert er, »und O.« Er streichelt die panische Patientin. »Vertrauen«, sagt er, »der wichtigste Teil der Therapie«, er sagt: »Asterixis, Paranoia, Spasmen«, dann fixiert er ihre Füße an den anderen Tischbeinen. Die Patientin ist gezwungen, die Oberschenkel zu spreizen, die Ecken der Tischplatte drücken sich schmerzhaft in ihre Kniekehlen.

Der Arzt holt einen CD-Player, stellt ihn neben den Tisch, er zieht eine Schublade auf und nimmt mehrere Instrumente heraus, darunter eine ungewöhnlich große Schere und eine Nagelschere. Als die Patientin einen Dildo aus Ahornholz sieht, schreit sie auf – und plötzlich wirkt der Arzt nicht mehr verständnisvoll. Über seiner Praxis, erklärt er, wohne ein altes Ehepaar. Und die Therapie, die jetzt zum Einsatz komme, sei zwar die einzige, die helfen könne, aber sie sei leider verboten. »Wenn Sie nicht still sind, werde ich dafür sorgen, dass Sie den Mund halten.« Versuchsweise legt er ihr, sanft, aber nachdrücklich, die Hand über die Lippen, über die Nase, bis sie keine Luft mehr bekommt. »Wir müssen ungestört bleiben. Wir müssen uns allein auf den therapeutischen Erfolg konzentrieren.«

Sie nickt mit aufgerissenen Augen, und der Arzt stellt den CD-Player an, Wagner, dann tritt er vor, bis er zwischen den gespreizten Beinen der Patientin steht. Er scheint ganz in der Musik aufzugehen, summt laut mit. Der Minirock ist ein Stück nach oben gerutscht, die nackten Schenkel der Patientin zittern. Der Arzt berührt die blassen, im Operationslicht fast bläulichen Knie, tastet mit den Fingern die Beine ab, die Patientin bäumt sich auf. Der Arzt nimmt die riesige, sehr kalte Schere und legt sie kurz auf den rechten Oberschenkel der Patientin, dann auf den linken. Die Patientin wimmert leise.

Der Stretchstoff lässt sich nicht so leicht zerschneiden, wie der Arzt geglaubt hat, mehrmals setzt er neu an. Endlich ein scharfes Schaben, Metall auf Metall, und aus dem Rock ist ein nutzloser Lappen geworden, der neben die Hüften der Patientin fällt. Nun greift der Arzt nach der zierlichen Nagelschere, drückt ihre Spitze in die weiße Haut neben dem Slip. Die Patientin wirft krampfhaft den Kopf nach hinten.

Später, als auch der Slip zerschnitten ist, kommt eine unscheinbare Kühltasche zum Einsatz. Der Arzt steckt sich einen Eiswürfel in den Mund, er lutscht dem Würfel die Kanten weg, lutscht ihn klein, bevor er ihn seiner Bestimmung zuführt. Als der Eiswürfel in die Patientin hineingeschoben wird, in sie hineinrutscht, kann sie sich nicht zurückhalten und schreit auf. Der Arzt presst ihr wieder die Hand auf den Mund, wieder bekommt sie keine Luft. Der Unterleib der Patientin zuckt, als der Eiswürfel schmilzt.

»Und wo einmal irgendetwas hineinpasst«, singt der Arzt zur Melodie aus dem CD-Player, »passt bald auch etwas anderes …«

»Jemanden wie dich«, sagt Kristine an diesem Tag zu Reinhard, »habe ich früher nicht gekannt. Und ich hätte dich auch nicht kennengelernt.«

Sie hat ihm erzählt, dass sie mit zwanzig zum ersten Mal Sex hatte. Danach ist sie mit mehreren Männern zusammen gewesen, immer ungefähr zwei Jahre. Nach den zwei Jahren hat etwas gefehlt, ist etwas nicht weiter vorangegangen, oder manchmal hat sie auch etwas gewollt, das der Mann nicht wollte, eine gemeinsame Wohnung oder ein Kind.

Im Zimmer liegt noch alles durcheinander, Reinhard hat nur schnell in der Küche Espresso gemacht und trägt die zwei Tassen hinüber. Kristine hat sich nicht wieder angezogen, sie liegt nackt auf der schwarzen Ledercouch, und schon allein, um sich für dieses Bild zu bedanken, möchte er ihr etwas anbieten. Vielleicht würde sie sich gern von ihm füttern lassen, mit Erdbeeren oder süßen Mandeln, aber er weiß nicht einmal, ob sie Mandeln und Nüsse überhaupt isst, ob sie vielleicht sogar allergisch darauf reagiert, und natürlich hat er auch keine Erdbeeren im Haus. Es gibt nur eins, das er tun kann, damit sie auf seiner Couch liegen bleibt, und er tut es: Er holt den Aschenbecher aus der Küche, den einzigen, den er – für Gäste, für Notfälle – aufbewahrt hat. Er stellt den Aschenbecher zu Kristine auf die Couch und bringt ihr auch ihre Zigaretten. Sie sieht ihn erstaunt an, sie hat noch nie in seiner Wohnung geraucht.

»Emmas Vater«, sagt sie, »war so einer, mit dem ich es ernst gemeint habe, zu ernst, ich wollte an der Beziehung arbeiten, aber ich hätte wissen müssen, dass er das nicht konnte. Er wollte sowieso möglichst wenig arbeiten, und wenn doch, dann für möglichst viel Geld. Natürlich hat das nicht funktioniert.«

Sie sieht aus, als wollte sie die ganze Zigarette einatmen, tief hinunter in die Bereiche ihres Körpers, die Reinhard eben noch unter seiner Kontrolle hatte.

Emmas Vater ist verschwunden, bevor Emma ein Jahr alt wurde, auch das erzählt Kristine nicht zum ersten Mal. Sie haben kein Wort mehr von ihm gehört. »Schreibt seiner Tochter nicht mal eine Karte«, sagt sie und dreht sich auf der Couch halb herum, so dass sie Reinhard ansehen kann. Sie bläst einen Rauchring an ihm vorbei. »Nicht mal zum Geburtstag, nicht mal zu Weihnachten.« Reinhard schweigt. Er stellt die Espressotasse auf Kristines Hüfte ab, er weiß, dass sie jetzt nicht mehr wagt, sich zu bewegen. Die Tasse ist heiß – aber vielleicht ist der Kaffee, wenn er verschüttet wird, noch heißer? Nach einer Weile nimmt Reinhard die Tasse wieder weg, und Kristine und er schauen auf den roten Abdruck, der zurückbleibt. Dass etwas ein wenig zu kalt oder ein wenig zu heiß ist, genügt oft schon. Kristine lächelt.

Nach der Trennung von Emmas Vater ist sie mit niemandem mehr zusammen gewesen. Die Männer drehten um, sobald sie den Kinderwagen, später den Holzroller, vor der Wohnungstür stehen sahen. Trotzdem hat Kristine in ihrem Internetprofil die entscheidende Zeile ehrlich ausgefüllt: *eine Tochter.* Reinhard hat sich schon mehrmals gefragt, ob er auch eine kinderlose Kristine angeschrieben hätte. Wahrscheinlich nicht. Es lag am Alter: Kristine wurde gerade vierzig. Die vierzigjährigen Frauen, die das Datingportal nutzten, waren völlig verzweifelt. Ihre Uhren tickten anders, ganz schnell musste der Partner fürs Leben her, zeugungsbereit und heiratswillig.

Eine Tochter – das hat Reinhard ermuntert. Es klang nach einem Leben, in dem er nicht die Hauptrolle würde spielen müssen. Er würde jederzeit gehen können.

Dass Kristine seit Emmas Geburt mit keinem Mann geschlafen hatte, hat er ihr anfangs nicht geglaubt. Erst der Ausdruck in ihren Augen, nachdem sie zum ersten Mal im Bett waren, hat ihn überzeugt. Aber auch er hat schließlich etwas nachzuholen, viel mehr als Kristine. Solange er bei ihr nichts vermisst, wird er keine anderen Frauen treffen, er lässt das Profil ruhen, hat seinen Kontakten nicht mehr geantwortet. Doch versprochen hat er Kristine nichts.

Sie drückt die Zigarette aus und steht auf. Langsam geht sie zum Fenster. Reinhard ist sich sicher, dass sie ihre Hüften nicht absichtlich schwingen lässt – sie bewegen sich von allein. An der Scheibe angekommen, hält Kristine inne, dann dreht sie sich um, stellt die Füße weiter auseinander, breitet die Arme aus. Und das ist jetzt Absicht. Sie lehnt sich mit dem Rücken gegen die Scheibe und führt die Arme nach oben, bis sich die Hände über dem Kopf berühren. Ihr Körper strafft sich, die Brüste richten sich auf.

Aber dann muss Kristine lachen und wird rot. Plötzlich sieht sie traurig aus und lässt die Arme wieder sinken, ohne Reinhard anzuschauen.

Am Samstag sind sie mit Emma unterwegs. Reinhard wollte seit Monaten im Volkspark spazieren gehen, aber er ist nie dazu gekommen. Heute ist an einen ruhigen Spaziergang nicht zu denken. Die Festwiese liegt am Rand, neben den letzten Bäumen. Das Museum, in dem Kristine arbeitet, befindet sich genau auf der anderen Seite des Parks.

Zu viele Menschen, ständig stößt ihm jemand den Arm in die Seite, in der Luft ein Geruch nach Champignons mit Knoblauch. Es sind immer dieselben Buden, auf dem Weihnachtsmarkt werden sie die mit klebrigem Lack gestrichenen Bretterwände wiedersehen, danach zu Ostern und im Sommer zum Stadtfest.

»Schau mal«, sagt Reinhard zu Kristine, »wie schlecht die Buden zusammengeschraubt sind. Das handwerkliche Niveau in Deutschland … aus, Ende, vorbei.«

»Mama hat mich gestern wieder zu spät vom Schwimmen abgeholt«, unterbricht ihn Emma, »deshalb durfte ich mir was wünschen. Außer ein Meerschweinchen. Das gilt nicht. Ich darf mir jetzt immer was wünschen, wenn Mama zu spät kommt.«

Kristine sieht Reinhard entschuldigend an. Sie bindet Emma links und rechts je einen gasgefüllten Luftballon ans Handgelenk, und schon kurz darauf begreift Reinhard, wie sinnvoll diese Ballons sind: Das Kind läuft im Gedränge hierhin und dorthin, sie verlieren es schnell aus den Augen, aber die Luftballons treiben immer ein Stück über den Köpfen der Menge.

»Die Farben, Kristine.«

»Wieso?«

»Die Ballons. Der eine ist ein Schwein und der andere ein roter Pickel.«

Emma ist zurückgekommen, hat ihn gehört und schaut erstaunt nach oben. Sie murmelt vor sich hin: »Pickel, rot, Wickeltod, Pieselmohn, Schniedelpo.«

Reinhard muss lachen und legt ihr kurz die Hand in den Nacken, schiebt die Finger unter den Schal.

Er hat nicht mehr mit Annemarie geschlafen, aber dass ihre Ehe kinderlos blieb, lag nicht nur daran – es war eine bewusste Entscheidung. Bis heute glaubt Reinhard nicht an das Konstrukt Familie. Er fühlt keinen Drang, eine neue Generation zu erschaffen und etwas weiterzugeben, und er hat kein Interesse daran, nur wegen eines Kindes den Kontakt zu *Oma* und *Opa* intensivieren zu müssen.

Er denkt an seine Dortmunder Kindheit, dieses Einzelkinddasein zwischen der asphaltierten Auffahrt zur Doppelgarage und dem eigenen Spielplatz im Garten der Villa. Zwischen dem Vater und der Mutter saß er in einer Riesenpfütze Streit. Das Kindermärchen, dass schon alles gut sei, galt in seiner Familie nicht.

Er weiß nicht, ob Annemarie die gemeinsame Entscheidung bereut hat. Wenn, dann erst, als es zu spät war, und sie hat es ihn nie spüren lassen.

Kristine boxt Reinhard leicht gegen den Oberarm, reißt ihn damit aus seinen Gedanken und tritt ihm gleich darauf auf den Fuß. Er weicht aus, ruft »Hoho!« und geht in Stellung wie für einen Boxkampf. Aber da kommt Emma auf sie zugelaufen, mit glänzenden Augen und einer Rotzspur unter der Nase, und Kristine zieht ein Papiertaschentuch aus der Tasche.

»Schniedelpo. Schniedelpo.« Emma zerrt Kristine zu einer Bude. Als Kristine überrascht die Hand ausstreckt, über die Crêpe-Platten hinweg, brüllt Emma: »Aber das habe ich dir doch gesagt, Mama.« Sie dreht sich im Kreis, stampft mit den Füßen.

»Mach mal halblang, Emma.« Die junge Frau in der Crêpebude lacht und lässt Kristines Hand wieder los. Kristine sagt: »Guten Tag, Frau Fischer. Na, dann stellen wir uns an.«

Es warten nur zwei Leute vor ihnen, die gerade bezahlen. Reinhard starrt auf die Finger der Frau, die Kristine Frau Fischer genannt hat, sie sind rot vom vielen Waschen, sehen trotzdem schon wieder klebrig aus, Crêpeteig und Apfelmus, wahrscheinlich hat Kristine das Zeug jetzt auch an der Hand. Als er den Blick hebt, sieht er in ein erhitztes Gesicht mit Flaum auf den Wangen, kurze blonde Haare, über den Ohren stehen Strähnen ab.

»Emma hat mir erzählt, dass Sie hier sind«, sagt Kristine, »aber ich dachte, sie hat sich das ausgedacht.«

Bei einem Lachen wie dem der blonden Frau müssten sich eigentlich Grübchen bilden, doch Reinhard kann keine entdecken. Die Frau erwidert seinen Blick und lächelt: »Ich bin Emmas Lehrerin.«

»Ach, entschuldigen Sie ...« Kristine zieht ihn neben sich. »Das ist Reinhard, ich meine ... Herr Porst.« Sie wird rot.

Während er vorsichtig seinen Arm befreit, erklärt Frau Fischer Kristine, dass sie allen Kindern ein Crêpe versprochen hat. Ob das in Ordnung sei? Den Stand betreibe eigentlich ihre Mutter, aber sie helfe ab und zu aus.

Sie gießt eine Kelle Teig auf eine der Platten, verstreicht die Flüssigkeit mit einem Schieber, lässt das Crêpe backen, bis es braun wird und Blasen wirft, wendet es mit einer einzigen geschickten Bewegung, fragt parallel dazu schon die nächste Bestellung ab und greift wieder nach der Kelle. »Banane ist mein Lieblingsobst«, ruft Emma. »Meins auch«, sagt Frau Fischer.

Reinhard grinst. Bananen sind also Frau Fischers Lieblingsobst. Das kann man ja verstehen. Eine Banane langsam zu schälen, sie in den Mund zu nehmen, an einer weichen Banane zu lutschen, vorsichtig von ihr abzubeißen ... Er stellt sich die Lehrerin vor, ihre Finger, die sich um eine Banane legen. Er räuspert sich.

»Willst du auch?«, fragt Kristine.

»Nein.«

Frau Fischer hält Emma ein Crêpe hin. »Vorsicht, heiß und fettig.« Als Kristine nach dem Elternabend fragt, herrscht sie der hinter Reinhard stehende Mann an: Es reiche nun mit den Privatgesprächen.

Also setzen sie sich auf eine Bank und Emma pustet, um das Crêpe abzukühlen, aber Reinhard kommt es vor, als puste sie immer knapp an der Pappe vorbei. Er tauscht einen Blick mit Kristine. Sie will wissen, ob alles in Ordnung ist, daraufhin lässt er den Blick zu einem Spiel werden – und wie immer wird sie als Erste nervös und blinzelt. Erschrocken fragt sie: »Langweilst du dich?«

Er nimmt ihre Hand, fährt mit den Fingern zwischen ihre, hinein und hinaus. »Diese Lehrerinnen«, sagt er, »werden immer jünger.« Er denkt: Halbe Kinder, die ganze Kinder unterrichten. Natürlich, am Gymnasium hätte es die blonde Frau auch schwer. Zu hübsch, und bestimmt zu weich, eine Gruppe 17-Jähriger könnte man nicht auf sie loslassen. Er versucht sich zu erinnern, wie und wo er selbst mit siebzehn war – auf jeden Fall nicht mehr im Internat.

Kristine grüßt schon wieder jemanden, einen sehr dicken jungen Mann, der sich seltsam bewegt. Wahrscheinlich stört ihn das Fett an den Beinen und er schiebt deshalb bei jedem Schritt eine Hüfte vor. Zuerst glaubt Reinhard, der Mann lächle Kristine an, aber der Gesichtsausdruck ändert sich nicht. Wie es wohl aussieht, wenn der Mann tatsächlich lächelt? Ein auffällig symmetrisches Gesicht, und auf die dichten lockigen Haare ist Reinhard sofort neidisch, in Momenten wie diesen hasst er seine beginnende Glatze.

Der Mann wirkt, als hätte er sich auf das Volksfest verlaufen, als wollte er lieber allein im Park unterwegs sein, über seinem Rücken hängt eine altmodische Botanisiertrommel. Als er weitergegangen ist, atmet Kristine hörbar aus. »Unser Nachbar.«

Aber Reinhard antwortet nicht, sondern beobachtet Emma. Sie verhält sich merkwürdig, blickt betont zur Seite, tut so, als hätte sie den Mann nicht gesehen, presst die Lippen dabei zu einem Strich. Dann legt sie die Hände vor den Mund und kichert. »Was findest du denn so witzig?«, fragt Reinhard.

Kristine ist irritiert. »Wieso witzig?«

»Ich habe nicht dich gemeint.« Er zuckt die Achseln und steht auf, um zwei Bier zu holen. Auf dem Rückweg kauft er Emma ein Lebkuchenherz mit der Aufschrift *Hasipupsi*. Als er ihr das Herz gibt, erwartet er, dass sie es sich um den Hals hängt, stattdessen fetzt sie sofort die Folie auf, bricht ein Stück Lebkuchen ab und schlingt es hinunter. Nur mit Mühe kann ihr Kristine die zweite Hälfte wegnehmen. Einer der Ballons, der rosafarbene, hat Luft verloren, wird kleiner, schlaffer, faltiger, bis er Emma vor die Füße taumelt. Ein benutztes Kondom, denkt Reinhard.

Er hat sich von Annemarie getrennt, weil er *das* noch einmal erleben wollte. Angefangen hat es schon, während sie noch verheiratet waren. Er hat lange gebraucht, um herauszufinden, dass sein Computer mehr als ein Arbeitsinstrument sein kann, länger als Leute wie Holler, die einer anderen Generation angehören. Als Reinhard das Internet zu nutzen begann, hat er sich erst einmal nur mit Jura beschäftigt. All die wahren Fälle und die falschen Fakten, die Masse der Informationen hat ihn fasziniert. Es hat gedauert, bis er auf die Idee kam, *Sex* in die Suchmaske einzugeben. Anfangs war es nicht einmal *Sex*, sondern *Geschlechtsverkehr*. Aber nachdem er die Entertaste gedrückt hatte, ploppte eine ungeheure Welt auf. Zur Datingplattform ist er erst später gekommen, über ein Werbebanner in der Bildschirmecke, er sieht es heute noch vor sich.

Damals hat er eine ganze Nacht an seinem Profil gefeilt, bis er damit zufrieden war, und natürlich hat er gleich die Premiummitgliedschaft gebucht. Annemarie ist einmal aufgewacht, hat in der Tür gestanden und ihn gefragt, ob er nicht schlafen kann, ob sie ihm ein Glas Rotwein bringen soll oder eine Tablette. Morgens um sieben hatte Reinhard keine Minute die Augen geschlossen, dafür aber die erste Anfrage im Posteingang. Und beim Frühstück hat er ernst gemacht. »Ich kann einfach nicht mehr«, hat er Annemarie erklärt.

Kristines Geschichte ist anders. Eine Freundin hatte über das Portal ihre große Liebe kennengelernt: Einige Mails mit drei Männern, kurze Telefonate mit zweien von ihnen, ein Treffen mit einem, und der war es dann. »Sie sind glücklich«, hat Kristine gesagt, als sie davon erzählte, und den Satz auf eine seltsame Art in der Luft stehen lassen.

»Schniedelpo. Schniedelpo. Da drüben will ich hin. Mama, du hast gesagt, ich darf. Heute ist mein Tag.«

Sie schieben Emma in die erste Reihe eines Kinderprogramms und treten ein Stück nach hinten. Reinhard sieht auf die Uhr. Mehrere Kinder bekommen Kescher, auch Emma bekommt einen, und ein Clown wirft ihnen der Reihe nach einen Tischtennisball zu. Die meisten Kinder müssen ihre Kescher nicht einmal bewegen, um den Ball zu fangen, der Clown lässt ihn direkt hineinfallen, Reinhard schüttelt den Kopf.

Kristine hält ihren Plastikbecher die ganze Zeit mit zwei Fingern fest, am oberen Rand, sie hat vom Bier kaum den Schaum abgetrunken. »Unser Nachbar«, sagt sie, »Herr Meisner, der Dicke, er ist fast immer zu Hause. Er ist seltsam.« Der Clown verteilt Bonbons und Schokoriegel, und Kristine stöhnt: »Nicht noch mehr Süßes.«

»Ist denn irgendwas vorgefallen?«, fragt Reinhard.

»Mit ihm? Nein.«

»Dann könnt ihr nichts machen. Juristisch.«

»Ich will doch nichts machen. Ich wollte es dir nur sagen.«

Reinhard hat sein Bier ausgetrunken, und Kristine reicht ihm ihren Becher. »Hier, trink ruhig was davon.« Sobald sie die Hände frei hat, sucht sie in ihrer Handtasche nach Zigaretten, Reinhard räuspert sich, vielleicht bekommt er eine Erkältung.

Er hat keine Ahnung, wer bei ihm im Haus wohnt, kennt auch seine direkten Nachbarn nicht. Er hat nicht einmal eine Vorstellung davon, wie viele Wohnungen es gibt, die Menge der Klingelknöpfe sieht jedenfalls beeindruckend aus. Nach seiner eigenen Klingel müsste er wahrscheinlich eine Weile suchen. Auf seiner Etage steigt er aus dem Fahrstuhl und geht an drei Türen vorbei, aber es gibt keine Namensschilder. Auch er hat keins angebracht.

Jetzt lässt der Clown zwei Mädchen über ein Seil balancieren, um die Wette, das eine startet am linken, das andere am rechten Baum, der Clown stellt sich in die Mitte. An einem zweiten, höher angebrachten Seil sollen sich die Mädchen festhalten. Die Mütter heben sie nach oben, fassen sie um die Körpermitte und schieben sie hektisch vorwärts, die Füße des einen Mädchens berühren nur ab und zu das Seil. Das andere Mädchen ist schwerer und bekommt Schwierigkeiten, weil das Seil immer stärker schwingt. Als das dicke Mädchen den Clown fast erreicht hat, knickt es in den Knien ein und lässt das obere Seil los. Die Mutter kann ihr Kind nicht mehr halten und zieht es wütend zurück in die Menge. Das andere Mädchen fällt dem Clown in die Arme.

Reinhard stellt die zwei leeren Becher neben einen überquellenden Mülleimer. »Noch ein Bier?«

»Nein, eins ist genug.«

Sie hat es nicht getrunken, denkt er. Keins ist genug, ich habe es getrunken.

Er bietet an, Kristine und Emma mit dem Auto nach Hause zu fahren. »Bis zum Parkplatz sind es höchstens fünf Minuten.«

Kristine schüttelt den Kopf. Die Bahn werde gleich

da sein, und sie wolle nicht noch einmal durch das Gedränge. Sie hat einen Polo, aber sie fährt fast nie damit.

Emmas Mund ist mit Schokolade verschmiert. Kristine befreit sie von dem Luftballon, der überlebt hat, und gibt ihr die Schnur in die Hand. Emma entdeckt einen Hund, einen Dackel, sie rennt zu ihm hin, streckt ihm den Ballon entgegen, hält aber mit der anderen Hand die Schnur fest. Der Ballon berührt fast die Schnauze des kläffenden Hundes, als Emma ihn loslässt – er steigt sofort auf, bis die Schnur ihn zurückhält. Der Hund versucht hinterherzuspringen. Die Hundebesitzerin steht daneben, als ginge sie das alles nichts an; nur ab und zu, wenn der Hund besonders laut kläfft, ruckt sie kurz an der Leine.

Die Straßenbahn kommt nicht. Reinhard schiebt die Hände in die Jackentaschen, selbst in seiner wärmsten Hose friert er heute. »Es wäre wirklich besser, ich würde euch nach Hause fahren.« An der Haltestelle warten jetzt viele Leute.

Er hört, dass Emma dem Hund ein Stück Lebkuchen verspricht, sieht sie aufspringen, den Luftballon presst sie mit beiden Händen zusammen. Aber auf dem Weg zu ihnen stolpert sie über einen Aktenkoffer und fällt in hohem Bogen hin. Kristine ist bei ihr, bevor sie genügend Atem geschöpft hat, um loszuschreien. Der Luftballon steigt schnell auf, wird zwischen die Bäume geweht, während Kristine Emmas Arme und Beine abtastet. »Alles noch dran«, flüstert sie, »ist ja gut.« Emma zeigt heulend auf ihr rechtes Knie, Kristine schiebt das Hosenbein hoch und streicht Spucke über eine aufgeschürfte Stelle, dann nimmt sie ihre Tochter auf den Arm.

Der Mann, dem der Aktenkoffer gehört, entschuldigt sich schon zum dritten Mal. »Sie können doch nichts dafür«, sagt Reinhard.

Emma drückt die rotzverschmierte Nase an Kristines Schulter, und als Kristine sie leise fragt, ob ihr schlecht sei, tritt Reinhard unwillkürlich einen Schritt zurück. In diesem Moment biegt endlich die Straßenbahn um die Ecke.

- 6 -

Am Donnerstag ist die gepresste Blume durchgetrocknet, und Meisner klebt sie auf. Um die Mitte des grauen Papierbogens auszumessen, benutzt er Vaters größtes Lineal, dann lässt er einen Tropfen Leim auf den Bogen fließen und drückt den Stängel hinein. Er hat im Lexikon nachgelesen, dass man die Pflanzen mit gummierten Papierstreifen befestigen soll, aber er besitzt keine gummierten Papierstreifen und wüsste auch nicht, wo er welche bekommt. Außerdem stand da, die Pflanze solle vollständig sein, das heißt, eigentlich dürften weder Blätter noch die Wurzeln fehlen.

Meisner schreibt das Datum, an dem er die Blume gekauft hat, rechts neben den Stängel und darunter, zwischen zwei Gedankenstriche, eine römische Eins für den ersten Herbarbeleg. Wieder darunter kommt der Name: *Alstroemeria aurantiaca.*

Er weiß nicht, was er mit Emma tun soll, wenn sie in seine Wohnung kommt. Er gibt ihr jetzt immer Knäckebrote mit Marmelade, immer drei, die sie auch aufisst. Trinken will sie nach wie vor nichts.

Gestern hat sie begonnen, die Schubladen erneut durchzugehen, aber das schien sie schnell zu langweilen. Sie hat eine Stunde damit verbracht, Meisner von einem Raum in den anderen zu folgen. Am Ende hat sie nur noch neben ihm gestanden und ihn angestarrt.

Als sie weg war, am Abend, hat er einen Stuhl an den Schrank im Schlafzimmer herangeschoben und zwischen den Kartons da oben nach einem bestimmten gesucht. Schließlich hat er das alte Spiel gefunden: Zwanzig große Würfel, die sich zu unterschiedlichen Bildern zusammenlegen lassen, Märchenmotiven. Er hat den Karton abgestaubt und im Wohnzimmer auf die Kommode gestellt, wo Emma ihn schnell entdecken wird.

Heute ist er auf dem Amt gewesen, um den Termin einzuhalten, der ihm per Post mitgeteilt worden war. Seit kurzem ist eine neue Sachbearbeiterin für ihn zuständig, nicht mehr Frau Schmidt wie in den letzten Jahren. Die neue Sachbearbeiterin hat in Meisners Akte geblättert und versucht, einen Eindruck zu gewinnen. Er hat ihr erklärt, dass er momentan in der Lage ist, täglich die Wohnung zu verlassen. Wenigstens zum Einkaufen. Er hat ihr erklärt, dass er daran arbeitet, seinem Leben eine Struktur zu geben. Die Sachbearbeiterin hat ihn etwas verständnislos angelächelt, sie hat die Akte zugeschlagen und gefragt, was sie denn mit ihm machen soll. Und Meisner hat daran gedacht, dass er schon lange einmal nach Norwegen fahren möchte, am liebsten nach Oslo.

»Sie wissen«, hat die neue Sachbearbeiterin gefragt, »dass Sie auf dem Arbeitsmarkt als ungelernt gelten?«

»Aber ich habe doch diese Ausbildungen …«

»Abgebrochen. Sie haben alles abgebrochen.«

»Dafür gab es Gründe.«

»Das glaube ich.« Sie hat gehustet oder gelacht, es wurde ihm nicht klar. »Hatten Sie denn das Gefühl, dass Frau Schmidt sich gut um sie gekümmert hat?« Er hat genickt, und die Sachbearbeiterin hat die Stirn gerunzelt und gefragt: »Aber sie hat gar nichts gemacht, oder?«

Emma hat sich angewöhnt, dreimal kurz zu klingeln, wenn sie in Meisners Wohnung möchte. Er würde sowieso öffnen, er öffnet immer. Zwar schaut er vorher durch den Spion, aber er geht davon aus, dass man seine Schritte gehört hat, also muss er auch öffnen.

Im Wohnzimmer blickt sich Emma um und entdeckt sofort das Spiel auf der Kommode. Sie sieht in die Schachtel hinein. Nach kurzem Zögern läuft sie zu dem kleinen Tisch vorm Fenster, auf dem das Fleißige Lieschen steht. Sie kippt alle zwanzig Würfel unter den Tisch, kriecht zu ihnen hinunter und beginnt, das erste Motiv zusammenzufügen.

Meisner setzt sich aufs Sofa. Er hat jetzt nichts mehr zu tun, als Emma beim Puzzeln zuzusehen. Später wird er ihr noch die Knäckebrote schmieren, er hat neue Marmelade gekauft.

- 7 -

Die Kanzlei befindet sich in einer umgebauten Jugendstilvilla. Auch wenn er gerade keine Klienten empfängt, schließt Reinhard die hohe Tür zu seinem Büro. Mettler sieht das nicht gern, akzeptiert es aber. »Sympathisch zu sein«, hat er einmal zu Reinhard gesagt, ganz am Anfang, »sympathisch zu sein ist die Crema auf dem Kaffee. Sie ist eine gute Sache, macht aber nicht wach. In meiner Kanzlei zählt nur das Ergebnis.« Reinhard hat genickt und den Gedanken zu Ende geführt: »Ich bin Koffein, Herr Mettler. Pures Koffein.«

Während der Rechner hochfährt, nimmt Reinhard das Foto von Kristine aus seiner Aktentasche und stellt den Rahmen direkt neben den anderen. Er hat Kristine am Fluss aufgenommen, der Wind bläst ihr die Haare ums Gesicht, sie hält ihre Jacke zusammen. Bäume im Hintergrund.

Das Foto von Kristine ist neu und das von Annemarie ein Klassiker, wodurch beide das gleiche Alter zu haben scheinen. Dieses Foto, Annemarie trägt einen hellblauen Pullover, war jahrelang das einzige Bild, auf dem sie sich mochte. Reinhard weiß selbst nicht, warum er es nach dem Umzug wieder aufgestellt hat, vielleicht, weil er gute Erinnerungen an Annemarie hat, vielleicht auch, damit in dem neuen Büro nicht alles neu ist.

Die Auszubildende kommt herein und bringt die Post. Er muss an den Tag im Sommer denken, ihren ersten Arbeitstag, an dem sie neugierig neben ihm stand und auf die hellblaue Annemarie zeigte: »Ihre Frau?« Dabei sah sie aus, als würde sie das Bild am liebsten in beide Hände nehmen, um es genauer zu studieren. Er hat damals mehrere Sekunden verstreichen lassen, dann wie in Zeitlupe genickt und die Auszubildende penetrant angestarrt, bis sie knallrot wurde und das Zimmer verließ.

Sie sortiert im Gehen die Umschläge vom Gericht. Reinhard grinst, als sie aufsieht, Kristines Foto entdeckt, stehen bleibt, stockt. Sie schafft es – gerade so, denkt er – sich zu beherrschen und nicht nachzufragen. Wie sollte sie das auch formulieren: »Ihre Schwester? Die Schwester Ihrer Frau?«

Als die Auszubildende das Zimmer verlassen hat, nimmt er Schwung, an guten Tagen schafft er mit dem Stuhl drei Umdrehungen, zwei schnelle und eine langsame, heute sind es nur zwei. Reinhard öffnet die Post, bevor er sich den ersten Espresso des Tages holt, wie immer schwarz, mit Crema und Koffein.

Lars hat er in der Küche der Kanzlei besser kennengelernt. Vorher hatten sie nur wegen einiger Klienten miteinander zu tun. Insgesamt sind sie, Mettler nicht eingerechnet, fünf Anwälte, und manche Kollegen lassen sich jeden Tropfen Kaffee von der Sekretärin hereintragen. Lars und Reinhard holen sich ihren selbst, Reinhard hat sogar Espressotassen von zu Hause mitgebracht.

Als sie zum ersten Mal nebeneinander vor dem Kaffeevollautomaten standen, war die Maschine nagelneu. »Mist«, sagte Lars, »gibt es da 'ne Bedienungsanleitung? Wie soll ich das denn jetzt machen?« »Mit der Hand, weil's mit dem Fuß nicht geht.« Reinhards Antwort war ein Reflex. Lars lachte. »Wo haben Sie das denn her?«, fragte er, damals siezten sie sich noch. »Der Lieblingsspruch meines alten Meisters.« »Ach«, sagte Lars, »dann haben wir jetzt wohl einen richtigen Mann im Haus. Einen Handwerker.«

Das Ehepaar Schneider macht Reinhard Sorgen. Beim ersten Termin haben die beiden nur vor ihm gesessen, das reine Elend, es war kaum ein Wort aus ihnen herauszubringen. Er konnte sich nicht einmal sicher sein, den Sachverhalt richtig verstanden zu haben.

»Recht haben und Recht bekommen, das sind zwei unterschiedliche Dinge.«

Er hat diesen Satz oft gesagt, aber bei den Schneiders passt er wirklich. Heute sind sie zu dritt, Reinhard hat die Praktikantin hinausgeschickt, das Ehepaar ist schon nervös genug. Die Besprechungsecke ist ein Thema, bei dem Lars und er nicht übereinstimmen. Lars empfängt die Klienten hinter einem massiven Schreibtisch. Aber Reinhard hat schon in der alten Kanzlei gute Erfahrungen mit einem schlichten runden Holztisch gemacht – und auch hier, bei Mettler, durfte er das Büro nach seinen Vorstellungen einrichten.

Er kratzt mit den Fingern durch seinen Bart. Die Schneiders wollten sich nach fast dreißig Jahren Ehe ihren größten Wunsch erfüllen. Sie haben gespart und gespart, einen Kredit aufgenommen, ein Grundstück gefunden, am Stadtrand, mit Blick auf einen Kirchturm, genau, wie sie sich das vorgestellt hatten. Sie haben Kataloge studiert und sich das Haus ausgesucht, grüne Dachziegel, ein Erker, ein kleiner Turm. Alles nicht Reinhards Geschmack, aber die Schneiders waren rundum glücklich. Bis der Pferdefuß an die Tür klopfte. Sie bekamen keine Baugenehmigung. Und zerstritten sich mit der Baufirma.

»Beschissen«, sagt Herr Schneider, »und belogen, das haben die uns, ich will nichts mehr mit denen zu tun haben.«

Reinhard trommelt mit den Fingern auf den Tisch. »Zwei Möglichkeiten. Wir können klagen, damit Sie aus dem Vertrag herauskommen, dann erhalten Sie Ihr Geld zurück. Das geht aber durch alle Instanzen. Soll heißen: dauert locker fünf Jahre.« Er faltet die Hände und beugt sich konzentriert nach vorn. »Die zweite Möglichkeit ist, dass wir schauen, was an Ihrem Haus wirklich anders gebaut werden muss. Vielleicht können Sie mit den Abweichungen leben?«

»Aber so, genau so, wie wir es uns ausgesucht haben, ist es doch unser Traumhaus.« Frau Schneider beginnt zu weinen. Während das rechte Auge erst einmal nur feucht wird, rollen aus dem linken sofort Tränen. Herr Schneider bleibt sitzen und starrt auf den Tisch, so dass schließlich Reinhard die Hand ausstreckt, sie der Frau auf die Schulter legt. Er verstärkt den Griff, bis das Schluchzen aufhört. Erst dann sagt er: »Frau Schneider, ich bin dazu da, dass wir eine gute Lösung finden. Eine gute Lösung für Sie beide.«

»Vielleicht haben Sie Recht.« Herr Schneider räuspert sich, seine Stimme klingt belegt. Er trägt einen Wollpullover, der ihm am Hals zu eng ist, die Bartstoppeln haben die Wolle aufgeraut. Wahrscheinlich ist das trotzdem sein bester Pullover.

Aus den Unterlagen weiß Reinhard, dass Herr Schneider als Heizungsinstallateur arbeitet, seit vielen Jahren für dieselbe Firma. Vorsichtig sagt er: »Sie müssen sich da einig sein.«

»Ach was.« Herr Schneider richtet sich auf. »Rita, hör auf zu heulen. Wir suchen ein anderes Haus aus.«

»Ich kann mich aber noch nicht von dem Haus verabschieden.«

Reinhard holt ihr ein Glas Wasser. »Das ist schon faszinierend«, sagt er, »wenn so ein Gebäude langsam wächst. Erst ist da nur ein Loch, viel Dreck, aber dann, Stück um Stück … Ich habe Zimmerer gelernt, bevor ich studiert habe, ich weiß, wovon ich rede.« Sein Blick wandert zur Lederjacke, die über dem Schreibtischstuhl hängt. »Sie werden das Haus mögen, sobald es erst einmal entsteht. Ein Hausbau verändert das ganze Leben.«

Und nach der Bauphase, denkt er, trennen sich viele Paare. Aber das behält er lieber für sich.

Die Lehre ist sein *kleiner Ausbruch* gewesen, wie Annemarie manchmal gespottet hat, eine kalkulierte Provokation. Und doch nicht völlig abwegig, der Bruder des Vaters war Bauunternehmer, er hatte die Villa mit der Auffahrt zur Doppelgarage gebaut. Mörtel und Holzwolle in den Adern der Familie, und der Onkel wiederholte die magische Formel *Sei schlau, lern beim Bau*, bis Reinhard mit neunzehn zu Hause auszog und sich zum Zimmerer ausbilden ließ. Auf keinen Fall, schwor er im Streit, würde er Jura studieren und Anwalt werden wie der Vater.

Damals hieß es noch: Handwerk hat goldenen Boden. Der Meister sagte: »Warte nur ab, uns Handwerker wird man bald mit 'nem Taxi abholen.« Es kam dann, eher früher als später, doch anders.

Kristine hat nachgefragt, am Ende eines Treffens, sie lagen noch im Bett. Sie hat eine Hand auf seine Brust gelegt, ist mit den Fingern ins Brusthaar gefahren, hat an den Haaren, an der Haut gezogen. Erst nach einer Weile merkte Reinhard, dass sie mit seinen Erinnerungen wenig anfangen konnte, mit all den Baugeschichten von Blut und Verstümmelung, mit den Heldengeschichten, mit der Kollegialität unter den Zimmerleuten und der gemeinsamen Ablehnung der dummen Maurer.

Als sich das Ehepaar Schneider verabschiedet, hat er einen klaren Auftrag. Er schüttelt Herrn Schneider die Hand und berührt noch einmal Frau Schneiders Schulter, an derselben Stelle wie vorhin, aber nur ganz kurz. »Wir sind froh«, sagt Herr Schneider, »dass wir Sie haben.«

»Ich bin auch froh, dass ich Sie habe. So kann ich meine Miete zahlen, und für einen guten Whisky reicht es auch noch.«

Frau Schneider nickt. Reinhard hält ihr den Mantel auf, und die Schulter, die er angefasst hat, verschwindet darin. Die Auszubildende begleitet Herrn und Frau Schneider nach draußen.

Whisky trinkt er erst, seit er geschieden ist. Ein neues Leben verlangt auch neue Getränke – innerhalb weniger Monate hat er sich, wie er selbst findet, zu einem Kenner entwickelt.

Später, während er mit Kristine telefoniert, dreht er das Telefonkabel um den Zeigefinger. Vor den Fenstern der Kanzlei der Herbst, seit einer Woche hat die Sonne nicht mehr aufs Parkett geschienen. Er zieht den Finger aus dem Kabel, das sich langsam wieder in seine Ausgangsposition zurückbewegt. In der obersten Schreibtischschublade findet Reinhard ein Aspirin, er spült es mit einem Schluck Espresso herunter.

»Ich hoffe«, sagt Kristine, »das war dir nicht zu viel mit uns am Wochenende?«

»Das Volksfest? Nein, ich liebe so etwas.«

»Glaubst du eigentlich, dass ich nicht merke, wenn du ironisch wirst?«

Er hat wirklich Kopfschmerzen, und in diesem Zustand kann er mit Kristine nicht reden, das hat er schon früher festgestellt. Er weiß dann nicht, was sie von ihm will, doch Familie spielen, doch die Beziehung als Beziehung definieren. Kristine fragt dreimal, ob es ihm gutgeht, und beim dritten Mal klingt ihre Stimme schrill. Er reißt sich zusammen. Schließlich freut er sich schon auf ihr nächstes Treffen, Kristine als Tänzerin in einem Nachtclub, Kristine in einem Nichts von Kleid. Schwarz. Er hat das Kleid bereits vor einer Weile bestellt und hofft, dass es ihr stehen wird. »Es hat nichts mit dir zu tun.« Er hört ihrem Schweigen an, dass der Satz nicht ausreicht, und wechselt schnell das Thema. »Weißt du was, ich habe gelesen …«

In diesem Moment klopft es an der Tür. Ohne Reinhards Antwort abzuwarten, steckt die Auszubildende den Kopf herein; sie macht ihn auf ihre Uhr aufmerksam, indem sie mehrmals das Handgelenk dreht. Als hätte er nicht selbst eine Uhr. Als wüsste er nicht selbst, dass sie in einer halben Stunde im Gericht sein müssen. »Ja, ja«, sagt er, »gleich!« Er wartet, bis sie die Tür geschlossen hat, bevor er fortfährt: »Hör mal, Kristine …« Schnell sucht er unter den Unterlagen auf seinem Schreibtisch die Zeitschrift, schlägt den Artikel auf und liest die betreffende Stelle vor: »Erst die erotischen Unterschiede führen dazu, dass man die erotischen Gemeinsamkeiten schätzen kann.« Er trinkt den Espresso aus. »Kristine?«

»Wir sind doch gar nicht so unterschiedlich.« Sie lacht leise. »Schließlich haben wir dieselben Wünsche!«

Wieder wird geklopft, diesmal nachdrücklicher und ohne dass jemand hereinkommt, und er flucht und beendet schnell das Gespräch. Die Auszubildende wartet vor der Tür, sie hat sich für den Termin frisch geschminkt, als müsste sie, denkt Reinhard, den Richter beeindrucken. Wortlos drückt er ihr einen Stapel Akten in den Arm.

Als er Kristine von seiner Zeit beim Bau erzählt hat, hat er keine Frauen erwähnt. Bewusst hat er ihr Marion verschwiegen. Sex im Rohbau, Sex ohne Statik und Grundriss, auf einem Gerüst im fünften Stock, also nahe am Himmel, der sich überraschend dreckig anfühlte. Marion war Malerin, und allein der Klang dieser Worte, *Marion, Malerin*, lässt ihn noch heute etwas schmecken.

Annemarie hat er seine Geschichte mit Marion irgendwann anvertraut. Nach der Hochzeit, aber zu einem Zeitpunkt, als sie selbst noch ab und zu Sex hatten.

Erst im Hausflur zieht er den Reißverschluss der Jacke zu. Es ist kalt geworden, wird Zeit für den Mantel.

Die Jacke hat er gekauft, nachdem er dann doch begonnen hatte, Jura zu studieren. So lange besitzt er sie schon. Er fiel damals auf zwischen all den Hoffnungsträgern in Nadelstreifen. Um nicht zu vergessen, hat er gedacht, wenn er über das Leder strich; um nicht zu vergessen, wie sich das anfühlt: auf einem Rohbau zu stehen, einen Stuhl zu bauen, eine Kreissäge anzuwerfen.

- 8 -

Draußen blüht nichts mehr, Meisner findet keine Pflanzen für das Herbarium. Es gibt Laub im Rinnstein und an den Wegrändern, es gibt Disteln und harte Gräser, Turmkraut, Hirtentäschelkraut, mehr nicht.

Die neue Sachbearbeiterin vom Amt fragt, was eigentlich mit ihm los sei. Keines der Atteste, kein Arztbericht und kein psychologischer Befund kann ihr Meisners Langsamkeit plausibel machen.

Als würde das etwas erklären, erzählt er, dass er viermal am Tag die Treppe hinuntergeht, um in seinen Briefkasten zu schauen.

»Bekommen Sie denn viele Briefe?«, fragt die Sachbearbeiterin.

»Nein«, antwortet Meisner. »Wenige.«

»Das geht so aber nicht«, sagt die Sachbearbeiterin.

»Ich bin«, sagt er leise, »manchmal sehr müde. Hätten Sie vielleicht ein Glas Wasser für mich? Ich spreche sonst nicht so viel.«

Emma fügt die Märchenbilder zusammen. Bei jedem Besuch ist sie damit schneller fertig, manchmal verwandelt sie Dornröschen in Sekunden in den bösen Zwerg.

Sie isst ihre Knäckebrote.

Sie starrt Meisner an. »Du bist langweilig«, sagt sie plötzlich. »Du könntest bitte schön auch mal mitspielen.«

- 9 -

Am Wochenende fährt Reinhard zu Kristine und Emma. Er küsst Kristine zur Begrüßung auf den Mund, und sie reagiert mit der kecken Hüftbewegung, die die Nachtclubtänzerin für ihre ganz private Show einstudiert hatte. Reinhard erinnert sich und muss noch während des Kusses lachen, Kristine löst die Lippen von seinen und lacht ebenfalls. Engumschlungen bleiben sie stehen, bis Emma in der Tür auftaucht und sie mustert. Sie trägt eine etwas zu kleine Latzjeans, darunter ein weißes, am Hals ausgeleiertes Shirt.

»Gehst du bitte«, flüstert Kristine, »spielen?«

Aber das Kind schüttelt den Kopf. »Ich will mit euch spielen. Du hast schon ganz lange nichts mehr mit mir gemacht und du hast es versprochen.«

Auf Emmas Wangen bilden sich rote Flecken und Reinhard ärgert sich, dass er die Schokolade vergessen hat, die er ihr eigentlich mitbringen wollte. Die Schokolade war für genau diesen Moment gedacht. Er zögert kurz, dann fragt er: »Was möchtest du denn spielen?«

Damit hat Emma nicht gerechnet. Sie überlegt. »Einkaufen«, sagt sie.

»Einkaufen?« Reinhard zieht die Augenbrauen hoch und lächelt. »Im Kaufhaus? Schöne Kleider und

Schmuck und vielleicht so eine Handtasche, wie ich sie dir neulich geschenkt habe?«

Emma denkt angestrengt nach. »Quatsch«, sagt sie dann laut, »natürlich auf dem Markt. Gemüse.« Man merkt, dass es ihr hauptsächlich darum geht, ihm zu widersprechen.

Aber das kann Reinhard nicht auf sich sitzen lassen, nein, dieses Kind wird noch lernen, ihn zu mögen. Er sieht Kristine auffordernd an und sagt: »Na dann spielen wir das doch, wenn es dir deine Mutter versprochen hat. Du weißt ja, Emma, ein Versprechen muss in jedem Fall gehalten werden. Ganz genau.«

»Genau«, wiederholt Emma unsicher.

»Also …« Er klatscht in die Hände. Es ist so still in dieser Wohnung, er hat bei Kristine noch nie Musik gehört, obwohl in der Küche ein Radio steht und im Wohnzimmer eine Anlage. »Was brauchen wir denn? Wir brauchen Gemüse …«

Endlich gibt sich auch Kristine einen Ruck. »Ja gut«, sagt sie, »dann hole ich das mal. Zum Glück war ich vorhin einkaufen.«

»Gemüse, Gemüse! Kaufen Sie mein frisches Gemüse!«

Emma hält Kristines großen Einkaufskorb mit beiden Händen fest. Eine Aubergine, Tomaten, Gurken, eine Zucchini und ein Kohlrabi, dicke Möhren ohne Kraut, Emma kann den Korb kaum tragen.

»Frisch gewaschen und sonst auch frisch! Kaufen Sie

mein Gemüse!« Sie verschluckt sich, hustet und holt Luft. »Die besten …« Kurz fällt ihr nichts mehr ein. »Äh, warte mal … Die besten Tomaten aus dem Garten, nee, ich meine, vom Markt. Und Kürbisse, nee, Quatsch, Kürbisse habe ich gar nicht, aber Möhren!« Sie lacht hektisch, geht mit dem Korb herum, hält ihn den staunenden Marktbesuchern hin, bis ihr das Gemüse wirklich zu schwer wird und sie beschließt, den Wohnzimmertisch zum Verkaufsstand umzufunktionieren. Sie schichtet das Gemüse sorgsam auf.

»Ja«, sagt Kristine. »Das sind aber schöne Möhren.«

Reinhard grinst und kommt nun auch näher. »Und diese Aubergine ist prachtvoll.«

Emma sieht unsicher die Zucchini an, und Reinhard drückt, um ihr zu helfen, einen Finger auf die schwarze Haut der Aubergine. Die Haut gibt leicht nach. Das hier macht ihm langsam richtig Spaß. Er fragt: »Was kostet die denn?«

»Die kostet, hm, einen Euro.«

Sofort nimmt er das Portemonnaie aus der Gesäßtasche, Emma beobachtet ihn mit glänzenden Augen. »Schauen wir mal …«, sagt Reinhard, sucht einen Euro heraus. Emma nickt ernsthaft und steckt das Geldstück in die Hosentasche, bevor sie Reinhard die Aubergine über den Tresen reicht.

»Und ich«, sagt Kristine, »nehme dann die Zucchini.«

»He!« Empört reißt Emma sie ihr aus der Hand. »Erst bezahlen!«

Kristine stockt. »Also hör mal …«, will sie protestieren, aber Reinhard sagt schnell: »Schöne Frau, vielleicht darf ich Ihnen diese stattliche Zucchini schenken? Es wäre mir eine Freude!«

»Das geht natürlich«, sagt die Marktfrau gnädig und steckt den zweiten Euro in die andere Hosentasche. »Möchten Sie sonst noch etwas kaufen?«

»Tja.« Reinhard zieht die Stirn in Falten. »Die Tomaten sehen nicht schlecht aus, aber ob sie auch wirklich schmecken? Darf man bei Ihnen denn mal probieren?«

Emma schaut unsicher Kristine an – darf er? Die nickt, und das Kind läuft wie der Blitz in die Küche und kommt mit einem kleinen Messer zurück. »Die Tomate?«, fragt es eifrig. »Oder die Gurke?«

Reinhard legt Kristine die Hand auf den Arm. »Nein nein, von der Gurke schnippeln wir nichts ab. Wer weiß, wofür die noch gebraucht wird.«

Kristine wird rot und Emma schneidet eine Tomate auf, stellt sich dabei aber so ungeschickt an, dass sie Kristines Bluse vollspritzt. »Pass auf«, sagt Kristine.

Und Reinhard gibt vor Begeisterung ein Röhren von sich, als er das mühsam herausgesäbelte Tomatenstück isst. »Wie aus dem eigenen Garten! Vielleicht möchten Sie auch einmal probieren, schöne Frau? Darf ich?« Er nimmt Emma das Messer aus der Hand und füttert Kristine mit einem Stück Tomate, achtet dabei darauf, dass ihr etwas Saft übers Kinn läuft, und auch darauf, mit dem Zeigefinger kurz in ihren Mund zu fahren. Kristine stöhnt leise auf.

»Schmeckt es Ihnen auch so gut?«, fragt Emma begeistert. »Das sage ich dem Bauern.«

»Ja.« Reinhard nimmt eine nachdenkliche Pose ein, legt übertrieben die Hand ans Kinn. »Und dann gibt es noch diese dicken ... Möhren. Wie viele haben Sie davon vorrätig, liebe Gemüsefrau?«

Während Emma sich vorbeugt und eifrig die Möhren zählt – es sind sieben – fährt Reinhard Kristine blitzschnell mit der Hand über den Rücken, abwärts, bis zum Rockbund, er fährt mit der Hand unter den Rock, tastet nach dem Slip, und als er ihn gefunden hat, zieht er daran. Mit einer einzigen ruckartigen Bewegung zieht Reinhard den Slip zwischen Kristines Pobacken, und Kristines scharfes, beinahe schmerzliches Einatmen folgt sofort. Emma sieht überrascht auf. »Sieben.«

Reinhard nimmt schnell die Hand weg.

»Was?« Kristines Gesicht ist knallrot.

»Es sind sieben Möhren.«

Reinhard beobachtet, wie Kristine um Worte ringt. »Emma ... Ich möchte, dass du jetzt rausgehst. Auf den Spielplatz. Oder zu den Meerschweinchen, zu diesem Thomas.«

Enttäuscht öffnet Emma den Mund: »Aber du hast es versprochen! Ich will lieber mit euch spielen!«

Reinhard nimmt eine der Möhren und beißt mit einem krachenden Geräusch hinein.

Kristine zuckt zusammen. »Emma, das haben wir auch, und jetzt ist es vorbei ... Raus!« Sie läuft um den Tisch herum, streckt die Hand aus, um Emma am Arm zu packen – aber da weicht das Kind schon zurück. Einen Moment lang sieht es erschrocken und verwirrt aus. Dann läuft es nach draußen, kurz klappt die Tür zum Kinderzimmer, doch gleich darauf fällt mit einem lauten Krachen die Wohnungstür ins Schloss. Reinhard und Kristine sind mit dem Gemüse allein.

- 10 -

Emma stürmt in Meisners Wohnung. An ihrem Shirt klebt Tomate, Kerne und ein Stückchen Haut. In der Hand hält sie eine Zeitschrift, sie hält sie verkrampft fest, die Zeitschrift wird, wenn Emma sie loslässt, zerknittert sein. Wie ein Tier läuft Emma durch Meisners Wohnzimmer.

»Was ist denn passiert?«, fragt er leise.

Sie antwortet nicht. Er schiebt ihr das Spiel mit den Würfeln hin, aber sie fegt es von der Kommode, mit der linken Hand, in der rechten hält sie noch immer die Zeitschrift. Die Pappschachtel bekommt beim Aufprall auf dem Teppich eine Delle, die Würfel springen unters Sofa. Emma atmet laut ein und aus. Knäckebrot, denkt Meisner, Knäckebrot mit Marmelade. Das beruhigt. Und Pfefferminztee wäre gut, wenn Emma nur trinken würde.

Er geht in die Küche, und nach einer Weile folgt sie ihm. Aber sie schüttelt den Kopf, als er nach der Knäckebrotdose greift. Mit einem energischen Winken holt sie ihn an den Küchentisch, und jetzt, endlich, lässt sie auch die Zeitschrift los. Sie streicht sie glatt, fängt an zu blättern, bis sie beim Poster in der Mitte ankommt. Das Poster zeigt ein großes buntes Meerschweinchen, Emma tippt mit dem Zeigefinger darauf.

Meisner zieht die Schultern hoch. »Ja«, sagt er, »herzig.«

Doch Emma schüttelt wieder den Kopf, und ihr Finger pocht weiter. »So eins«, sagt sie endlich. Und als er immer noch nicht versteht: »So eins will ich.«

Der Schreck durchfährt ihn. »Aber ich kann doch kein Meerschweinchen kaufen?«

»Doch, es ist einfach. Sie sind besser als Hamster. Ein Meerschweinchen kostet zwanzig Euro, hat Thomas gesagt. Thomas hat zwei Meerschweinchen und er hat gesagt, dass zwanzig Euro nicht viel ist.«

Meisner hält sich an der Tischkante fest. Das zerknitterte Meerschweinchen blickt ihn aus der Mitte der Zeitschrift an. »Aber ich möchte doch«, sagt er leise, »überhaupt kein Meerschweinchen haben.«

Emma ballt die Fäuste. Sie schaut sich in der Küche um, entdeckt die Mappe mit den Herbarbelegen. Sie schnürt sie in Windeseile auf, nimmt das oberste Blatt heraus, die gelben Blüten aus dem Blumenladen, fasst das Blatt mit beiden Händen und scheint schon Luft zu holen, um es zu zerreißen. »Das ist auch nicht dein Meerschweinchen«, zischt sie, »sondern meins. Es steht nur der Käfig bei dir.«

– 11 –

Deine Freundin, Yvonne …«

»Partnerin.«

Stimmt ja, denkt Reinhard, Lars will nicht noch einmal siebzehn sein. » … deine Partnerin möchte Kinder haben?«

»Wir schließen es nicht aus. Was passiert, passiert.«

Lars trinkt von seinem Bier, sie sitzen in der *Linde*. Reinhard muss grinsen. »Aber ihr tut doch was dafür, dass es passiert, oder?«

»Ja, ja.« Lars lacht. »Manchmal passiert es eben.«

»Nur manchmal?«

»Lässt du jetzt den Anwalt raushängen? Dann mauere ich. Du erfährst nur, was ich dir auch wirklich erzählen will.«

Reinhard winkt der Bedienung. »Du musst eben«, sagt er zu Lars, »mehr trinken, wenn du was erzählen willst. Das lockert. Die Runde geht auf mich.«

Normalerweise trinkt Lars zwei kleine Bier und Reinhard in der gleichen Zeit drei. Heute sind sie schneller dabei, und sie bleiben auch länger sitzen als sonst, Lars wird zu Hause nicht erwartet, Yvonne trifft sich mit einer Freundin.

Reinhard stemmt die Ellenbogen auf den Tisch. »Liebe allein ist doch eine Illusion, da fehlt die biologische Erfüllung. Sexualität löst das Versprechen ein, das man sich in einer Beziehung gibt. Nein, mehr noch: Durch die Lust wird das Versprechen *erneuert*.«

Die Bedienung bringt die nächste Runde, wartet noch neben dem Tisch, bis Lars ausgetrunken hat. Reinhard fängt mit dem Finger den Schaum auf, der an seinem Glas hinunterläuft, sie sitzen fast ganz allein im hinteren Keller der *Linde*, nur neben dem Durchgang zum Schankraum teilt sich ein Pärchen einen Teller Bratkartoffeln.

»Findest du nicht«, sagt Lars, »dass du jetzt ein bisschen hoch einsteigst? Ich meine ... man tut es. Es macht Spaß, und fertig.«

»Ich hatte keinen Sex mit meiner Exfrau. Nur ganz am Anfang. Danach gar nicht mehr.« Reinhard macht eine Geste, als würde er sich den Hals durchschneiden. »Zwanzig Jahre lang.«

Lars starrt ihn an, schließt schnell den Mund und scheint zu überlegen, was er sagen soll. »Ja, das ist wirklich ein bisschen wenig. Nicht einklagbar, das eheliche Recht auf Beischlaf ...«

»Es lag nicht nur an ihr. Ich wollte auch nicht. Ich fand sie nicht sexy. Zum Beispiel ... sie war eine von diesen Frauen, die überhaupt keinen Arsch haben. Vorn alles da, aber hinten flach wie ein Aktendeckel. Ich mochte es nicht.«

»Warum hast du sie geheiratet?«

»Gleicher Hintergrund, gleiche Ansichten, politisch, privat ... Wir haben sehr gut zusammengepasst. Annie war lange die einzige Frau in meinem Leben. Wir haben geredet, Tage und Nächte durch. Ich war damals anders, du würdest mich nicht wiedererkennen. Ich war fett … Und ich war keine siebzehn mehr und dachte, ich könnte auf das Gefummel und Geschwitze verzichten. Es hat mir mit ihr einfach keinen Spaß gemacht.«

»Aber du konntest dann doch nicht darauf verzichten …«

»Nein.«

Er ist krank geworden am Ende, richtig krank. Wochenlang ist er nicht aus dem Haus gegangen, er hat nicht gegessen, hatte keine Lust zu gar nichts, lag nur herum und starrte die Wand an. »Ich war ein Wrack. Wenn ich von der Couch aufstand, tat mir der Rücken so weh, dass ich mich kaum bewegen konnte. Der Arzt dachte schon, ich hätte einen Bandscheibenvorfall.« Reinhard klopft sich gegen die Schläfe. »Dabei war alles hier drin. Klassisch. Eine Depression entsteht, wenn eine Illusion zusammengebrochen ist.«

Lars dreht sein Bierglas in den Händen, er nickt langsam. »Und dann hast du dich scheiden lassen.«

»Dann habe ich mich scheiden lassen.«

Wenn ein Gespräch länger dauert, setzt sich Lars auf seinem Stuhl leicht schräg und streckt die Beine nicht unter den Tisch, sondern seitlich an ihm vorbei. Dabei lehnt er sich zurück.

Während Lars Scheidungsquoten aufzählt und schnell

wieder über Yvonne redet, starrt Reinhard auf Lars' Schuhe. Schwarze Slipper aus dünnem Leder. Er denkt zum ersten Mal seit langer Zeit an Kessel, mit dem er im Internat war. Kessel trug das ganze Jahr über Sandalen, bei Minusgraden mit Strümpfen. Am Anfang hatte er damit eine Wette gewonnen, aber dann stellte er fest, dass er nicht fror. Er genoss es, immer frische Luft um die Füße zu spüren, und er genoss in den letzten Jahren vorm Abschluss auch den Aufruhr, den die Sandalen hervorriefen – an dieser Schweizer Nobelschule. Reinhard muss grinsen.

»Du bist ein echter Freund«, sagt Lars gerade.

Als Reinhard längst wieder in Deutschland war, hat ihm Kessel aus der Schweiz das Abschlussfoto geschickt. Darauf hatte er seine Sandalen – er stand in der ersten Reihe – mit einem roten Kringel markiert.

»Die Hochzeit ist im Januar.« Lars streckt die rechte Hand aus, betrachtet den noch leeren Ringfinger. »Du glaubst nicht, was da alles vorbereitet werden muss. Yvonne ist schon das ganze Jahr dabei. Es gibt einen genauen Zeitplan, und wenn sie mit einem Punkt auf der Liste zu spät dran ist, kann sie nicht schlafen.«

»Und heute«, fragt Reinhard nach, »wird also das Brautkleid anprobiert? Ein Traum in Weiß? Spitze, Schleier, Stickblümchen?«

»Interessiert dich das wirklich?«

Reinhard lacht. »Natürlich nicht. Einmal und nie wieder. Und Annie hat damals zum Glück nicht in Weiß geheiratet. In Blau, glaube ich.«

Kristine ist heute beim Elternabend, eine Bekannte passt auf Emma auf. Reinhard stellt sich die Grundschule vor, in der Kristine auf einem winzigen Stuhl sitzt und ihre Knie nicht unter den Tisch bekommt. Vorn steht Frau Fischer und erklärt, warum sich die Kinder ihre Hausaufgaben merken sollen, statt sie zu notieren. Und warum es nicht sinnvoll ist, alle Hefte und Bücher immer hin- und herzutragen; in der Schule gibt es Fächer, in denen sie aufbewahrt werden.

Besorgte Väter. Hysterische Mütter. Liebe Frau Lehrerin, da hilft nur eins: Arsch zusammenkneifen. Reinhard stellt sich Frau Fischers Arsch vor und grinst in sein Bierglas, das schon wieder fast leer ist.

»Hörst du mir zu?«, fragt Lars.

Später ist das Pärchen neben der Tür gegangen und die Bedienung hat auch bei ihnen abkassiert und erklärt, sie wolle pünktlich schließen.

»Phantasien?« Lars runzelt die Stirn. »Wieso denkst du, dass wir *darüber* noch vor der Hochzeit reden sollten? Meinst du, ob ich mir andere Frauen vorstelle?« Er lallt ein bisschen, was Reinhard bei ihm zum ersten Mal erlebt.

»Weißt du, was sich Yvonne vorstellt?«

»Keine Ahnung.« Lars überlegt einen Moment. »Na ja, die Gedanken sind frei, nicht?«

»Jetzt erzähl doch mal. Lass mich ein paar deiner freien Gedanken hören!«

Reinhard drängt. Lars weicht zurück, aber Reinhard

lässt ihn nicht aus den Augen, im Gegenteil, er beugt sich vor, und dann rückt er sogar mit dem Stuhl nach. Endlich zuckt Lars die Achseln. »Ich habe mal einen Film gesehen«, sagt er. Er senkt die Stimme. »Skandinavien. Schweden vielleicht. Ein Mann ist zu Fuß unterwegs, er hat sich im Wald verlaufen. Er findet eine Lichtung, ein Haus mit roten Wänden, aus Brettern …«

»Ich weiß, wie die aussehen.« Reinhard kann das Bierglas, das Lars umgestoßen hat, gerade noch auffangen. Lars stockt. »Mach weiter«, sagt Reinhard, »es klingt doch gar nicht schlecht.«

»In dem Häuschen wohnen eine Frau und ihre kleine Tochter. Der Mann kann natürlich kein Wort Schwedisch oder was auch immer. Trotzdem nimmt ihn die Frau auf, gibt ihm zu essen, zu trinken, er darf über Nacht bleiben. In der Kammer, in der er schlafen soll, hängen Männerhemden im Schrank, obwohl die Frau und die Tochter allein leben. Der Mann legt sich nackt aufs Bett und zieht die Decke über sich … wie im Halbschlaf, aber mit geöffneten Augen … man kann die Frau hören, sie ist nebenan. Dann … Ruhe im Haus. Und dann …«

»Schritte.«

Lars nickt. »Schritte auf dem Flur. Aber jetzt kommt es. Nicht die Frau öffnet die Tür.«

»Das Mädchen?«

Lars blinzelt. »Es sagt kein Wort. Es geht zu dem Mann hin, zieht langsam die Decke zurück, schiebt sie ans Fußende. Ganz sachlich. Das Mädchen beugt sich über den Mann. Es berührt ihn nicht. Sieht einfach nur zu … was geschieht.« Er greift nach seinem Bierglas und trinkt aus, verschluckt sich, hustet.

»Sonst passiert nichts?«, fragt Reinhard.

Vorsichtig stellt Lars das Glas zurück auf den Tisch. »Ist lange her, dass ich den Film gesehen habe. Aber ich weiß noch, dass der Mann in der Kammer gar nichts mit dem Mädchen im Sinn hatte. Er wollte nur die Frau.«

Auf der Straße vor der *Linde* öffnet Reinhard die Autotür. »Scheiße«, sagt Lars, »du willst doch jetzt nicht mehr fahren?«

»Die paar Bier … Soll ich dich mitnehmen?«

»Quatsch. Was ist, wenn du angehalten wirst?«

»Ich weiß einen Trick beim Pusten. Damit hat man immer null Promille.«

»Na, null bestimmt nicht.« Lars schwankt kurz und will Reinhard am Arm zurückhalten. Oder vielleicht, denkt Reinhard, hält er sich auch nur an mir fest.

Er sagt: »Man muss langsam und vorsichtig pusten, ganz flach, nicht tief ausatmen, keine Luft aus der Lunge. Bloß ein bisschen durch die Nase einatmen und die Luft wieder ausfließen lassen. Es dauert dann länger, bis ein Ergebnis angezeigt wird, aber das macht ja nichts.«

»Echt, Reinhard, lass das. Wir können uns das Taxi teilen, es kommt gleich.«

»Wir müssen in unterschiedliche Richtungen.«

»Dann ruf dir ein eigenes. Soll ich dir eins rufen? Reinhard …« Lars umklammert wieder Reinhards Arm, stärker diesmal, und diesmal lässt er nicht los.

Plötzlich wird Reinhard wütend. »Willst du dich mit mir prügeln?«

Sofort tritt Lars einen Schritt zurück. »Wieso prügeln? Wann hast du das denn zuletzt gemacht?«

»Vor zweiunddreißig Jahren.«

Lachend steigt Reinhard ins Auto, reckt zum Abschied den Daumen in die Luft und lässt den verwirrten Lars am Straßenrand stehen. Aber nach der ersten Kurve geht er vom Gas. Vielleicht hat er sich wirklich überschätzt. Er blinzelt, konzentriert sich, um die Ampeln zu erkennen, plötzlich fühlt er sich abgeschnitten von der Welt, wie hinter einem Wasserfall, irgendetwas rauscht. Am Volkspark hält er an, steigt aus und pinkelt lange ins dunkle Gebüsch. Er fragt sich, ob Kristine den Abend genossen hat, die Stühlchen, die winzigen Tische. Als seine Blase endlich leer ist, fährt er weiter, zum Glück sind die Straßen frei.

Zu Hause, im Bett, stellt er sich vor, er wäre in dem schwedischen Holzhaus. Reinhard spannt die Bauchmuskeln an, schiebt die Decke zur Seite und sieht an sich hinunter. Nach einer Weile springt er auf, läuft barfuß und nackt in die Küche. Die Uhr trägt er noch um den Arm, nur zum Duschen nimmt er sie ab, aber die Brille liegt schon auf dem Nachttisch. Er trinkt ein Glas Wasser im Stehen, ohne die Kühlschranktür zu schließen, gießt sich ein zweites Glas ein und nimmt es mit ans Bett.

Während seiner Ehe hat er nicht über seinen Körper nachgedacht. Er hat ihn gewaschen und angezogen, aber alles nur, weil man so etwas eben tut. Welches Duschbad er benutzte oder welches Aftershave, das war ihm völlig egal. Er hatte kein Gefühl dafür, welche Hose zu welchem Hemd passte, er kaufte alles von der Stange, die Hosen dunkel, die Hemden hell, das reichte als Regel, er wollte morgens beim Anziehen nicht nachdenken müssen.

Er schnitt sich regelmäßig die Finger- und Zehennägel, ging alle vier Wochen zum Friseur. Im Nachhinein wundert er sich darüber, dass aus diesem toten Körper noch etwas herauswuchs.

Nach der Trennung nahm er, ohne es geplant zu haben, fünfzehn Kilo ab, später noch einmal fünf. Er aß unregelmäßig, hatte manchmal den ganzen Tag keinen Hunger, erst am Abend. Er traf Frauen und fühlte sich mit jeder Begegnung stärker. Wenn ihn jemand fragte, ob er Sport treibe, schlug er die Beine übereinander, grinste und schwieg. Er ging in andere Geschäfte, kaufte sich teure enge Unterwäsche; plötzlich fühlte er, welchen Stoff er auf der Haut trug: Baumwolle? Viskose und Seide? Als er sich zum ersten Mal ein schmal geschnittenes, gemustertes Hemd aussuchte, kleine olivenfarbene Rauten auf Hellblau, da wusste er, dass er über den Berg war. Wenn er in einen Spiegel schaute, sah er gesünder aus als in all den Jahren zuvor. Es war, als hätte sich seine Haut einmal vollständig von ihm abgelöst und erneuert.

Damals ging er auch zum ersten Mal in einen Whisky-Laden. Er ließ sich umfassend beraten, kostete und kaufte gleich drei Flaschen. Er hätte es nicht begründen können, aber plötzlich war er sich sicher, dass Whisky zu ihm passte.

Die Nächte verbrachte er im Internet, schlief wenig und sah am Morgen trotzdem erholt aus. Er verglich die Profile der Frauen, machte sich dabei Notizen, er schrieb lange Nachrichten, las aus den Antworten heraus, wen er interessant finden würde. Und er traf die Frauen, zweimal ergab sich so etwas wie eine sehr kurze Beziehung, in den anderen Fällen war es nur eine Nacht.

Die Auswahl schien grenzenlos. Während er einer Frau schrieb, wollten schon zwei andere Kontakt mit ihm aufnehmen. Er hatte die Wahl: Er konnte mehr Fotos verlangen, er konnte sich mit den Antworten Zeit lassen.

Er saß vorm Bildschirm, folgte Links und klickte sich weiter, stundenlang. Auf einer Medizinplattform entdeckte er ein Unterforum, in dem über Sex diskutiert wurde – was geht, was Spaß macht, wie man spielt. Reinhard meldete sich in diesem Forum nie an, aber er saugte auf, was er dort finden konnte. Monatelang verfolgte er das Leben mehrerer Forumsteilnehmer, bis er sich wie ein Stalker vorkam.

Als er auf der Datingplattform über Kristines Profil

stolperte und ihre Fotos sah, wusste er sofort, dass er mit ihr etwas tun wollte, was er noch nie zuvor getan hatte. Es war nicht so, dass er sich diese Art von Sexualität immer gewünscht hätte. Während seiner Ehe hatte er nicht darüber nachgedacht, was er sich eigentlich wünschte. Aber nachdem er so viel gelesen hatte, wollte er *das* auch ausprobieren. Es gehörte offenbar dazu, und er wollte ebenfalls dazugehören. Er wusste nicht einmal, ob es bei ihm funktionieren würde. Doch er hatte eine Ahnung davon bekommen, wie es sich anfühlte, wenn es funktionierte …

Reinhard kann nicht einschlafen, dabei muss er zeitig raus. Kurzentschlossen setzt er die Brille wieder auf, geht ins Wohnzimmer und stellt sich mit dem Telefon ans Fenster, dort hat er genug Licht, um die Zahlen auf den Tasten zu erkennen. Er lässt es lange klingeln; als Kristine rangeht, will er gerade auflegen.

Natürlich hat er sie geweckt, ihre Stimme ist noch nicht ganz da, Kristine muss sich räuspern.

»Ich bin es«, sagt er.

»Weißt du, wie spät es ist?«

Wenn er nah an die Scheibe tritt, kann er trotz der Höhe auf die Straße hinuntersehen. Ein Fahrradfahrer biegt um die Ecke und fährt am Haus vorbei. Reinhard hat einen Parkplatz in der Nähe gefunden, nur ein paar Schritte entfernt, aber von hier oben sehen alle Autos gleich aus. Er schließt kurz die Augen.

»Reinhard, was ist passiert? Wieso sagst du nichts?«

»Ich wollte deine Stimme hören.«

»Hast du Ärger in der Kanzlei?«

Nur das Übliche, denkt er. Ihn regen immer die Leute auf, die ankommen, weil sie ihren Führerschein verloren haben. *Ich brauche das Auto doch ... Ich werde sonst gekündigt ...* »Nein, ich wollte ... Können wir uns schon morgen sehen?«

»Morgen? Wir wollten doch am Freitag ... Warte, ich suche meine Zigaretten.«

Drüben, einmal halb durch die Stadt, auf einem anderen Hügel, wird eine Schublade aufgezogen, dann klickt das Feuerzeug.

»Wenn du jetzt rauchst, Kristine, stirbst du mit fünfzig bis fünfundsiebzig Prozent Wahrscheinlichkeit daran. Deine Lebenserwartung sinkt um zehn bis dreiundzwanzig Jahre, je nachdem, welcher Studie man glaubt.«

»Hättest du nicht angerufen, würde ich nicht rauchen, sondern in meinem Bett liegen und schlafen. Du bist also schuld, wenn ich Lungenkrebs bekomme.«

»Hast du auf dem Bauch geschlafen?«

»Das weißt du doch, oder? Ich schlafe immer auf dem Bauch.«

»Erzähl es mir noch mal.« Er zieht den feuchten Zeigefinger über die Fensterscheibe, Strich neben Strich, morgen kommt sowieso die Putzfrau.

Kristine raucht. »Ich kriege auf dem Rücken kein Auge zu. Das war das Schlimmste an der Schwangerschaft, dass ich irgendwann nicht mehr auf dem Bauch liegen konnte. Eine Weile hat es funktioniert. Ich habe Kissen unter mich gestopft, Keilkissen, aber irgendwann ging es nicht mehr.«

Reinhard drückt das Telefon mit der rechten Hand ans Ohr, geht kurz ins Schlafzimmer und holt seine Decke, zieht sie hinter sich her. Dann legt er sich direkt vor der Fensterscheibe auf den hellen, zotteligen Teppich.

»Als sie mir den Blinddarm rausgenommen haben, im Krankenhaus, durfte ich auch nicht auf dem Bauch liegen. Ich hatte an beiden Armen Schläuche, und die Narbe sollte nicht belastet werden. Ich habe so unruhig geschlafen, dass das Bett im Zimmer herumgefahren ist.«

»Herumgefahren?«

»So ein Bett mit Rollen. Wenn ich aufgewacht bin, stand es an einer anderen Stelle. Zum Glück hatte der Transfusionsständer auch Rollen. Nach zwei Tagen kam der Oberarzt, wollte wissen, wie es mir geht. Und ich hatte nur eine Frage: Wann kann ich wieder auf dem Bauch schlafen?« Kristine lacht und wirkt jetzt mit jedem Satz wacher. »Neben Emmas Vater«, sagt sie, »habe ich schrecklich unruhig geschlafen. Er hat mal behauptet, ich hätte ihn gegen den Kopf getreten. Ich habe das nicht geglaubt. Aber in der nächsten Nacht bin ich davon aufgewacht, dass er mein Fußgelenk umklammerte. Ich lag wirklich verkehrt herum im Bett, die Füße neben Thorstens Gesicht.«

»Und dann war er weg.«

»So ungefähr. Dabei war ich die, die es hätte beenden sollen. Meine Füße waren klüger als ich.«

»Kann ich deine Füße schon morgen sehen?«

Er stellt sich vor, wie sie langsam den Kopf schüttelt. Aber nach einer kurzen Pause fragt sie: »Übermorgen?«

Plötzlich ist er sehr müde. Noch nie haben sie so miteinander telefoniert. Meist waren ihre Telefonate kurz, die Verabredungen haben sie per Mail getroffen. Er legt sich auf die Seite, klemmt das Telefon zwischen dem Teppich und seinem Ohr ein. Er hört Kristines Stimme noch, hat aber Mühe, den einzelnen Wörtern einen Sinn zu geben. Sie reihen sich aneinander ... Seit Reinhard telefoniert, sind im gegenüberliegenden Hochhaus mehrere Lichter ausgegangen. Ganz dunkel wird es in seiner Straße nie, in einer der unzähligen Wohnungen ist immer jemand wach.

Kristine flüstert jetzt. »Wie unwahrscheinlich das ist, dass wir uns kennengelernt haben. Allein in meinem Haus wohnen so viele Menschen ... in der ganzen Stadt fast dreihunderttausend ... Deutschland ist groß ... dann kommt die Erde ... und unsere Sonne ist nur ein einziger Stern in einem einzigen Sternsystem, aber stell dir vor, dass es unendlich viele Sternsysteme gibt ... Reinhard?«

»Ja ...«

»Ich wüsste gar nicht mehr, was ich ohne dich tun sollte.«

Am Morgen weckt ihn das Licht, aber nach einem alarmierten Blick auf die Uhr an seinem Arm wird ihm klar, dass der Wecker drüben, im Schlafzimmer, erst in zehn Minuten klingeln wird. Vorsichtig fährt sich Reinhard über die Wange und spürt die tiefen Striemen, die der Teppich in seinem Gesicht hinterlassen hat. Außerdem friert er, der Boden ist nicht nur hart, sondern auch empfindlich kalt.

Reinhard zwingt sich, gleich aufzustehen. Das Telefon ist bis zum Fenster gerutscht, er kann sich nicht erinnern, das Gespräch beendet zu haben, vielleicht ist er mitten im Wort eingeschlafen, mitten in einem Wort von Kristine oder in einem von ihm, vielleicht ist er mitten in einer Atempause eingeschlafen oder als Kristine gerade an ihrer Zigarette gezogen hat.

Nach ihrem ersten Treffen hat er sie gefragt, ob sie es gut fand. »Weißt du«, hat sie zögernd geantwortet, »wir waren richtig ungelenk, ungeschickt ... aber genau das hat mir gefallen. Es hat mir sehr gefallen mit dir.«

- 12 -

Er entdeckt das Meerschweinchen schon im Schaufenster des Zooladens. Sein dreifarbiges Fell besteht fast nur aus Wirbeln, einer neben dem anderen; das Meerschweinchen sieht aus, als hätte man es nass gemacht und wieder trockengeföhnt. Es hat rote Augen.

»Rosettenmeerschweinchen«, sagt die Verkäuferin zu Meisner. »Die sind beliebt.«

Sie erklärt ihm, wie er das Meerschweinchen pflegen muss, was es frisst, wovon es krank wird. Den Käfig gibt es gerade im Angebot, außerdem kauft Meisner eine große Packung Heu, die beste Sorte. »Aromatisch«, sagt die Verkäuferin, »nicht muffig. Übrigens dürfen Sie Meerschweinchen eigentlich nicht allein halten.«

Im Bus hebt er den Käfig auf seinen Schoß, die Fahrt kommt ihm länger vor als sonst.

Emma streckt die Hand aus. Meisner hat den Käfig in die Küche gestellt, an die Fensterwand, aber nicht vor die Heizung. Dazu musste er einen der Stühle an die Schmalseite des Esstischs verrücken. Das Meerschweinchen hat im Käfig ein kleines Häuschen, um sich verstecken zu können.

Emma steckt Fenchel und Blumenkohl durch die Gitterstäbe, sie schiebt ihre Finger hindurch, so weit es geht, aber das Meerschweinchen weicht vor ihr zurück. Plötzlich fragt Emma: »Wie heißt es?«

Meisner hat keine Ahnung, was er ihr antworten soll. Ist es bei Meerschweinchen wie bei Hunden, hätte er sich im Laden nach dem Stammbaum erkundigen müssen?

»Ich weiß nicht.«

Sie sieht ihn entrüstet an: »Aber du musst ihm doch einen Namen geben!« Dann steht sie kurzentschlossen auf. Sie stellt die Fußbank vor die Spüle, nimmt eine Schale aus dem Schrank und füllt sie mit Wasser. Aus dem Brotkasten holt sie ein kleines Stück Brot. »Lass das Rollo runter«, weist sie Meisner an, der sofort an der Schnur zieht.

Mit dem Wasser und dem Brotkanten hockt sich Emma im Halbdunkel vor den Käfig und fängt an zu murmeln: »Jesus, heiliges Leben, Christus, Maria und lieber Gott.« Sie hält das Brot in die Höhe, bis es in dem Sonnenlicht, das seitlich am Rollo vorbeifällt, zu leuchten scheint. Aber plötzlich unterbricht sie sich. »Ist es ein Junge oder ein Mädchen?«

Wieder sagt Meisner erschrocken: »Ich weiß nicht.«

»Nimm es hoch und sieh nach.«

Das kann er nicht. Als die Verkäuferin das Meerschweinchen in den Käfig gehoben hat, hat es wild mit den Beinen gezappelt. Meisner schüttelt den Kopf.

Zum ersten Mal scheint Emma unsicher, was sie als

Nächstes tun soll. Sie legt sich auf den Bauch, schiebt das Gesicht ganz nah an die Käfigstäbe heran, starrt dem Meerschweinchen in die Augen. Doch dann richtet sie sich wieder auf und zuckt die Achseln. »Ist ein Junge«, entscheidet sie.

Sie taucht die Finger in die Schale mit dem Wasser und spritzt es über den Käfig. Das Meerschweinchen erschrickt, wirft mit den Hinterbeinen Streu hoch und verschwindet blitzschnell in seinem Häuschen. Emma legt ihre nasse Hand oben auf das Gitter. »So. Ich taufe dich mit dem Namen des Vaters und von dem Geist. Du heißt jetzt Fritz.«

Später, als Emma ihre Knäckebrote isst, fragt Meisner, woher sie wusste, dass das Meerschweinchen Fritz heißt.

Sie sieht ihn kopfschüttelnd an. »Mama hat Recht, manchmal bist du echt blöd.«

Sie isst fertig und steht auf, es bleiben Krümel zurück, Krümel fallen von Emmas T-Shirt auf den Fußboden, Meisner greift schnell nach dem Lappen, um wenigstens den Tisch abzuwischen.

»Weil du das Meerschweinchen gekauft hast«, sagt Emma bestimmt, »darfst du heute mit mir spielen.«

Müde wäscht er den Lappen aus. Er kann nicht spielen, er weiß nicht, was sie von ihm erwartet. »Du kannst doch jetzt mit dem Meerschweinchen spielen.«

»Nein. Du … du bist mein Diener und kämmst mir die Haare.«

Sie geht in Meisners Bad, kommt aber gleich darauf zurück und fragt, ob er keine Bürste hat.

»Ich habe einen Kamm.«

Sie verdreht die Augen. »Gib mir den Wohnungsschlüssel, ich hole meine. Und du wartest hier. Nein, dort. Setz dich da drauf.« Sie zeigt auf die Fußbank. »Diener! Was habe ich gesagt?«

- 13 -

Kristines Schlafzimmer ist wie Kristine, ein Raum, der sich seiner Möglichkeiten nicht bewusst ist. Wir müssen das Schlafzimmer aufschließen, denkt Reinhard, die Schränke, die Schubladen, so wie ich auch Kristine aufgeschlossen habe.

Sie haben das Treffen zu ihr verlegt. »Emma ist gerade sowieso selten da«, hat Kristine gesagt.

»Femina, feminae …« Das Schulmädchen nimmt einen Bleistift aus seinem großen rosa Stiftemäppchen, steckt das Ende mit dem Radiergummi in den Mund und lutscht daran. Es schiebt den Rock hoch, es kratzt sich am Bein, es rückt auf dem Stuhl ein paar Zentimeter vor, es öffnet den Mund. »Feminae, feminam, femina, femina.«

Der ausziehbare Rohrstock saust auf die zarten Hände herunter, der Lateinlehrer bremst den Schwung ab, trotzdem berührt der Rohrstock die Haut.

»Übersetzung: Zwischen den Beinen der Jungfrau liegt die Freude des Jünglings.«

»Inter pedes …«

»Das habe ich mir gedacht, dass du keine Ahnung hast, was Jungfrau heißt.«

Das Schulmädchen zieht zischend Luft ein, unterdrückt einen Schrei. Diesmal hat der Lateinlehrer richtig zugeschlagen.

»Nulla unda tam profunda quam vis amoris furibunda.« Er atmet schwer.

Das Schulmädchen fängt an zu weinen. »Nicht. Bitte nicht.« Es will sich verstecken, dabei sitzt es schon in der zweiten Bankreihe, es kann nicht ausweichen. Nur ein Stuhl trennt den Lateinlehrer von seiner Schülerin.

Seine Hand zittert. »Nil supra deos lacesso. Nichts weiter begehre ich.« Er beugt sich vor, am liebsten würde er sich fallen lassen, die Brüste des Schulmädchens unter der Bluse … Aber noch einmal tritt er zurück und hebt den Rohrstock. Die Bewegung scheint ihn viel Kraft zu kosten.

Einen Augenblick später sieht es aus, als hätte der Lateinlehrer geahnt, dass es an der Wohnungstür klingeln wird, und als hätte er deshalb, hier in der Schule, hier in Kristines Schlafzimmer, schnell einen Abstand gesucht.

»Emma? Was willst du denn?«

»Hallo. Muss nur mal kurz …«

Reinhard gibt die Tür frei. »Aber leise, deine Mutter hat sich hingelegt.«

Das Kind sucht etwas, er schaut ihm dabei zu, langsam beruhigt sich sein Atem. Kristine verhält sich hinter der Schlafzimmertür so still, als würde sie tatsächlich schlafen. Emma läuft erst ins Kinderzimmer, dann ins Wohnzimmer, dann in die Küche, wo sie bemerkt, dass die Stühle fehlen. Aber sie fragt nicht nach. Sie bückt sich, ihr Schulrucksack steht vor der Heizung, sie durchsucht ihn und runzelt die Stirn. Eilig sieht sie sich im Flur um. Ihr T-Shirt ist zu eng, unter dem runden Bauch der ausgeleierte Saum. Im Vorbeigehen steckt Emma zwei Zopfgummis ein, aber nach denen hat sie offenbar nicht gesucht.

»Wo ist die denn?« Sie stampft mit den Füßen auf und schüttelt, albern, wie Reinhard findet, den Kopf. Er fragt, ob er ihr helfen kann.

»Ich muss meine Bürste finden.«

»Wozu?«

Sie stehen jetzt direkt vor der Schlafzimmertür und Reinhard weiß, dass Kristine jedes Wort hören kann. Er weiß auch, was gleich passieren wird, aber wie soll er das Kind davon abhalten?

»Emma, möchtest du fernsehen?«

»Nein.«

»Sollen wir schauen, ob noch Vanillemilch im Kühlschrank ist?«

»Ich habe nie Durst.«

Er denkt an Kristine hinter der Tür und hebt die Stimme. »Weißt du was, du darfst mit mir ins Planetarium und danach ins 3-D-Kino und zwischendurch kaufe ich dir das größte Eis, das du dir vorstellen kannst. Ich schwöre es.« Er streckt zwei Finger in die Luft.

Emma starrt ihn an. Dann schiebt sie ihn einfach zur Seite und drückt die Klinke herunter. »Mama?« Die

Tür bewegt sich nicht. »Mama, warum hast du abgeschlossen?« Panik in der Stimme.

»Nur so«, sagt Reinhard schnell, während er schon hört, wie Kristine den Schlüssel herumdreht, was soll sie auch sonst tun. Er überlegt, ob sie sich, Wunder gibt es immer wieder, umgezogen haben kann. Als die Tür aufgeht, nimmt er das Bild einen Augenblick so wahr, wie Emma es sehen muss: Die seltsame Anordnung der Küchenstühle, der auf dem Boden liegende Rohrstock. Und die Mutter, die einen Bademantel trägt, den sie sehr eng um den Körper gezogen und mit dem Gürtel zugebunden hat. Aber an den Beinen die weißen Kniestrümpfe, an den Füßen die Spangenschuhe, am Hals schauen ein Stück Bluse und die schmale Krawatte hervor. Die Haare hat Kristine zu zwei Rattenschwänzen gebunden, die ihr vom Kopf abstehen, die Lippen hat sie knallrot angemalt, die Wangen rosa gepudert, und die künstlichen Wimpern sind so lang, dass sie Schatten werfen.

Emmas Stiftemäppchen liegt mit offenem Reißverschluss auf einem der Stühle, ein paar Filzstifte ragen heraus, außerdem der Griff der kleinen rosa Haarbürste.

Mit einer Stimme, höher als sonst, fragt Emma: »Was ist denn, Mama? Zieh den Bademantel aus.«

Reinhard merkt, dass ihm die Situation gar nicht so unangenehm ist, wie er befürchtet hatte. Er stellt sich zwischen die beiden. »Deine Mutter und ich, wir spielen ein bisschen.«

»Du hast nie den Bademantel an.«

»Hör mal ...« Kristine flüstert.

Aber Emma ruft: »Zieh ihn aus!« Sie stürzt auf Kristine zu und zerrt am Gürtel, schnell legt ihr Reinhard von hinten die Hand auf die Schulter.

»Es ist nur ein Spaß«, sagt er, »deine Mutter und ich hatten Lust, uns zu verkleiden. Willst du mal sehen?« Er nickt Kristine zu, und sie versucht zu lächeln und öffnet den Bademantel. Emma erblickt nun die zu enge Schulmädchenuniform, den Rock, der nicht einmal den Po bedeckt, Reinhard hat aus Versehen die falsche Größe bestellt, das ist ihm vorher noch nie passiert. Er zwinkert und fährt leichthin fort: »Docendo discimus.«

Emma zögert. Sie sieht aus, als hätte sie Angst. Dann zeigt sie auf das Stiftemäppchen. »Das da ist aber meins.« Sie stopft die Stifte hinein, nimmt die Haarbürste in die andere Hand. Sie holt ihren Rucksack aus der Küche, schleift ihn am Griff in ihr Zimmer, unmissverständlich klinkt sie die Tür zu. »Meins«, sagt sie. Kristine nickt, sie hat kein Wort mehr herausgebracht. Die Bürste nimmt Emma mit, als sie die Wohnung verlässt.

- 14 -

Meisner sitzt auf der Fußbank, aber das Kind scheint vergessen zu haben, dass er dort warten sollte – es bleibt in der Küchentür stehen. In der Hand hält es eine Haarbürste.

Nach ein paar Sekunden dreht es sich um und läuft ins Wohnzimmer. Vorsichtig steht Meisner auf, sieht durch die Durchreiche, Emma hat sich unter den Tisch am Fenster verkrochen, dort liegen noch die Würfel vom Märchenspiel, aber sie beachtet sie nicht. Mechanisch fährt sie mit der Bürste über ihre Hose, drückt dabei fest auf.

Er streckt den Kopf weiter vor, und Emma schaut hoch. Mit aller Kraft wirft sie die Bürste nach Meisner. »Hau ab, du! Geh weg!«

Die Bürste prallt oben an der Durchreiche ab und Meisner zieht sich sofort zurück. Emma schreit noch etwas, das er nicht versteht, dann wird es drüben still. Mit dem Rücken zur Wand wartet Meisner und wagt nicht, sich zu bewegen.

Er weiß nicht einmal, was er gern tun würde, wenn er jetzt allein in der Wohnung wäre. Vielleicht würde er gern in der Wochenzeitung lesen, die auf dem Küchentisch liegt.

Nach einer ganzen Weile kommt Emma zurück. Sie

hat die Hände tief in den Hosentaschen vergraben und stellt sich direkt vor Meisner, sieht jetzt vollkommen ruhig aus, betrachtet ihn prüfend. »Du musst mir was versprechen«, sagt sie.

»Ja?«

»Du sagst nie jemandem, wenn ich dich besuche. Du bist geheim. Schwör's!«

»Ja.«

Sie nickt, und er nickt ebenfalls. Dann holt sie die Bürste, hockt sich vor den Käfig, öffnet die Klappe und will anfangen, das Fell des Meerschweinchens zu bürsten. Worauf das Meerschweinchen wieder ins Häuschen flüchtet.

Aber schon in der Woche darauf hat es weniger Angst vor Emma. Sie holt es aus dem Käfig, es streckt die kleinen Beine von sich, zappelt, und Emma setzt es auf dem Küchenboden ab.

Meisner hat nur ein einziges Mal versucht, das Meerschweinchen hochzuheben. Dabei spürte er unter dem weichen Fell die Eingeweide, etwas pochte – vor Schreck ließ er das Tier fallen. Zwar nur aus einer geringen Höhe, aber er hatte trotzdem Angst, dass es sich verletzt hatte. Das Meerschweinchen saß irritiert da und bekam eine Art Schluckauf, der mehrere Minuten anhielt. Bei jedem Hicksen zuckte es.

Danach hat Meisner das Meerschweinchen nicht mehr angefasst. Er hat den Käfig gereinigt, dazu hat er das Oberteil abgenommen und beiseitegestellt. Dann hat er die Wanne angekippt, ganz leicht, immer stärker – bis das Meerschweinchen zu rutschen anfing. Irgendwann machte es einen Satz aus dem Käfig heraus, blieb unter dem Tisch hocken. Um es wieder in die Wanne zurückzusetzen, hat Meisner die Kehrschaufel benutzt.

Emma hält dem Meerschweinchen eine winzige Cherrytomate hin. Aber immer, wenn es herankommt, lässt sie die Tomate davonrollen, und das Meerschweinchen jagt ihr nach. Es versucht, in die Tomate hineinzubeißen, doch dabei rollt sie wieder weg.

Er erzählt der neuen Sachbearbeiterin im Amt, dass er jetzt ein Meerschweinchen hat.

»Gut«, sagt sie, »Sie übernehmen Verantwortung. Sie müssen es dann nur schaffen, das Meerschweinchen auch allein zu lassen, falls Sie arbeiten gehen. Vielleicht finden wir etwas mit Tieren? Sie haben mir gar nicht gesagt, dass Sie Tiere mögen. Mit Tieren umgehen zu können, das ist fast so viel wert wie eine Fremdsprache.«

- 15 -

Emmas Geburtstag fällt auf einen Mittwoch. Reinhard vergisst ihn beinahe, gerade noch rechtzeitig fällt ihm die Verabredung wieder ein, zum Glück liegt das Geschenk bereits im Auto. Es ist ein Kuscheltier, er hat im Laden nach einem Meerschweinchen gefragt, aber die Verkäuferin sagte, am ähnlichsten wäre wohl dieser Dachs.

Er hat versprochen, am Abend vorbeizukommen. Kristine wollte Emma und zwei ihrer Freundinnen von der Schule abholen. »Backen muss ich auch noch«, hat sie gesagt, »jedes Jahr wünscht sie sich den gleichen Blechkuchen, ihren Geburtstagsschokoladenkuchen, mit Zuckerguss.«

»Jaja«, hat Reinhard gesagt.

»Bisher hat mir das Spaß gemacht, nur im Moment ... Ich würde lieber einen Kuchen kaufen. Ich würde die Zeit lieber mit dir verbringen.«

Im Treppenhaus begegnet Reinhard einem dicken jungen Mann, der ihm bekannt vorkommt. Der Mann grüßt, schaut dabei aber nicht auf. Erst als unten schon die Haustür zuschlägt, stellt Reinhard die Verbindung her: Das ist Kristines Nachbar, sie haben ihn auf dem Volksfest gesehen. Ihm fällt sogar der Name ein. Meisner.

Oben öffnet Emma die Tür. Reinhard hat sich daneben versteckt und hält ihr von der Seite den Dachs entgegen. »Alles Gute«, sagt er mit verstellter, hoher Stimme, »zum Geburtstag.« Dann kommt er hervor.

Emma runzelt konzentriert die Stirn. »Sag mal, findest du auch, dass sieben alt ist? Lina meint ...«

»Lässt du mich zuerst rein?«

Sie gibt die Tür frei und er schließt sie hinter sich, stellt die Aktentasche unter die Garderobe. Emma trägt heute einen Rock. Sie schaltet das Licht im Flur an, begutachtet sich im Spiegel, sie klemmt sich das Kuscheltier zwischen die Beine und fährt mit beiden Händen über ihre Haare. Erst jetzt bemerkt Reinhard, dass sie sich die Lippen geschminkt hat, der Lippenstift ist verwischt. Ihre Haare sind sorgfältig auf der Seite gescheitelt, nicht wie sonst in der Mitte, ein paar Strähnen laden sich elektrisch auf. Er räuspert sich. »Also was meint Lina?«

»Na, weil sie selbst noch sechs ist ... Ach, egal ... Ich muss jetzt wieder ... Tschüss!«

Sie rennt ins Kinderzimmer, wo sie von lautem Kichern und Prusten empfangen wird. Kaum zu glauben, dass das wirklich nur zwei Freundinnen sein sollen. Reinhard findet Kristine in der Küche, trotz der Kinder in der Wohnung raucht sie, hat nicht einmal das Fenster geöffnet. Sie sitzt am Tisch, reckt erschöpft den Kopf zu Reinhard hoch. Er hasst es, sie zu küssen, während sie raucht. Vor ihr Teller mit angebissenen Würstchen, verschmierte Becher mit Kakaoresten, auf eine Serviette hat jemand mit Ketchup einen Smiley gemalt. Reinhard wischt die Krümel von einem der Stühle und setzt sich.

»Keine Angst.« Kristine lässt ihn nicht aus den Augen. Dabei hat er gar nichts gesagt. »Die Eltern holen sie in ein paar Minuten ab. Dann wird es ruhiger.«

Er schaut ihr zu, wie sie gierig an der Zigarette zieht und dabei ihre Wangen einfallen. Er steht wieder auf, geht hin und her, plötzlich macht ihn das alles nervös, Kindergeburtstag, Geburtstagsmüll. Er feiert ja nicht einmal seinen eigenen. »Ich habe deinen Nachbarn getroffen.« Er sagt es, um irgendetwas zu sagen.

Kristine schlägt die Beine übereinander. Reinhard denkt unerwartet, aus dem Nichts, an Frau Fischer, die ihre Beine wahrscheinlich nicht übereinanderschlagen würde. Frau Fischer würde ihre Beine mit auf den Stuhl ziehen, mit angezogenen Knien würde sie dahocken wie ein Kind.

Aus dem Kinderzimmer dringt lautes Geschrei, aber offenbar können die Mädchen das Problem allein klären, es wird gleich wieder still. Kristine stöhnt noch einmal, bevor sie anfängt, den Tisch abzuräumen. Sie stapelt die Teller ins Spülbecken, wirft die Servietten und das angebissene Zeug in den Müll, auch zwei hart gewordene Toastscheiben. »Immerhin will sie jetzt kein eigenes Meerschweinchen mehr haben«, sagt sie abwesend, »zwei Monate lang höre ich nur Meerschweinchen hier, Meerschweinchen da, und plötzlich, von einem Tag auf den anderen, ist Ruhe. Womit wird sie als Nächstes ankommen?« Dann, als Reinhard nicht antwortet, fragt sie doch noch nach: »Ist dir was aufgefallen am Meisner? Ich finde ja, dass es vor seiner Tür anders riecht als früher.« Sie schüttelt sich.

Reinhards Laune steigt, er muss grinsen. Verschwörerisch beugt er sich zu Kristine hinüber. »Ratten«, flüstert er und kann sehen, wie ihr eine Gänsehaut wächst. »Er züchtet Ratten. Die graben sich durch die Wände und nachts schreckst du auf, weil sich die Ratten vor deinem Bett versammeln und leise pfeifen ...«

Er hat sich gebückt und lässt überraschend seine Hand an ihrer Strumpfhose hochklettern. Kristine kreischt, fast fällt ihr der Teller aus der Hand, Reinhard greift schnell danach, während er leise und hoch pfeift, so, wie er sich das Pfeifen einer Ratte vorstellt. In sein Pfeifen hinein klingelt es an der Tür. Kristine schreit wieder auf und muss plötzlich über sich selbst lachen.

»Na ja«, sagt Reinhard trocken, »oder die Ratten sparen sich das Durch-die-Wand-Graben und nehmen den direkten Weg.«

Der Vater von Ulrike und die Mutter von Lina haben sich zufällig vor dem Haus getroffen, beim Einparken, und nun wollen sie ihre Töchter abholen. Mit allen Jacken und Schals, Schultaschen, Mützen, rechten und linken Handschuhen.

Später hat Emma ihre Honigmilch getrunken und ist eingeschlafen, und Reinhard und Kristine trinken im Wohnzimmer Wein.

»Vielleicht«, sagt er, »habe ich heute einfach nur schlechte Laune. Nimm es nicht so ernst.«

Kristine schweigt. Das ungleichmäßige Braun auf ihren trockenen Lippen ist kein Lippenstift, es kommt vom Rotwein.

Reinhards Glas ist schon leer, er schenkt sich nach. »Aber was hast du denn erwartet, als du mich im Datingportal angeschrieben hast?«

»Wieso«, fragt Kristine, »du hast mich doch angeschrieben.«

»Ja, aber du hast geantwortet.«

Sie sitzen nicht zusammen auf der Couch, sondern jeder in einem der zwei riesigen Sessel. Reinhard stellt sich vor, wie Kristine an anderen Abenden ebenfalls in diesem Polstersessel sitzt. Obwohl sie Emma hat und er allein wohnt, kommt Reinhard das Bild plötzlich sehr viel einsamer vor als sein eigenes Leben. Kristine ist immer hier und bewacht Emmas Schlaf. Die hässlichen Sessel und die Couch haben Emmas Vater gehört, Kristine hat keine neuen Möbel gekauft.

Was macht sie an diesen Abenden? Reinhard hat sie noch nie sagen hören, sie sei mit einer Freundin im Kino gewesen oder einen Cocktail trinken. Wahrscheinlich gibt es ständig etwas zu tun: Die Hose für den Wandertag braucht einen neuen Flicken, die Dekoration fürs Klassenzimmer ist noch nicht fertig …

Sein eigenes Leben kommt Reinhard überhaupt nicht einsam vor.

Er gähnt. Er weiß wirklich nicht genau, warum Kristine sich damals beim Datingportal angemeldet hat. An eine glückliche Beziehung hat sie da schon nicht mehr geglaubt.

»Ich wollte«, sagt sie, »einfach eine Veränderung.«

»Und du hast mir geantwortet, weil ich am meisten Veränderung versprochen habe?«

Sie überlegt. »Ich habe es gehasst, ich selbst sein zu müssen. Du bist mir fremd vorgekommen, mit deinem ganzen fremden Leben. Und du warst sehr bestimmt.« Nach einem Zögern fährt sie fort: »Aber jetzt habe ich das Gefühl, dass du schon anfängst, dich zu langweilen. Liegt es an Emma? Wegen neulich ...«

»Nein.« Was er jetzt sagt, meint er ernst. »Das war doch aufregend. Vielleicht brauchen wir einfach ein bisschen mehr Aufregung.«

Kristine lächelt ihn an, beugt sich vor und streckt die Hand aus. Er drückt sie – etwas zu fest. Mittlerweile fühlt er sich wieder wacher. Er möchte die Hände um Kristines Gesicht legen, möchte die Daumen sanft in die Grube an ihrem Hals pressen, bis Kristine fast, aber nur fast, keine Luft mehr bekommt.

Er weiß, dass sie damals nur drei Männern geantwortet hat. Und nachdem sie Reinhard getroffen hatte, hat sie ihr Profil wieder gelöscht. Sie wollte nicht wie er ständig etwas Neues ausprobieren.

Kristine hat beschlossen, *das hier* auszuprobieren, *mit ihm*, und zwar sehr ernsthaft. Das reicht.

Neulich hat er sie gefragt, ob sie selbst einmal das Szenario vorgeben möchte. Aber sie hat nur den Kopf geschüttelt. Er konnte ihr ansehen, dass sie der Gedanke erschreckte, fast hilflos machte. Als hätte sie bis dahin nicht darüber nachgedacht, wie Sex aussehen würde, wenn sie ihn bestimmen durfte.

Wütend wirft Reinhard sich von einer Seite auf die andere, starrt aufs Handgelenk, bis er auch im Dunkeln die Uhrzeit erkennt. Endlich schaltet er das Licht wieder an, steht auf und stellt sich nackt vor den großen Spiegel des Kleiderschranks, betrachtet sich von allen Seiten. Er wechselt vom Deckenlicht zur Nachttischlampe, Licht von hinten schmeichelt mehr. Am Ende muss er doch noch Sport treiben, vielleicht in einem Studio trainieren, dazu hat er weder Zeit noch Lust. Lars ist zehn Jahre jünger und in Bestform. Lars spielt Squash. Einen idiotischeren Sport kann sich Reinhard nicht denken. Wenn man schon gegen einen Gegner spielt, dann doch bitte Auge in Auge! Stattdessen starrt Lars beim Squash eine weiße Wand an. Wie ein Hündchen, such den Ball, such den Ball …

Eine Stunde später schläft Reinhard dann doch ein. Er träumt nichts. Beim Aufwachen stellt er sich Kristine mit Lars im Bett vor.

In der Woche darauf begegnet er Frau Fischer. Ausnahmsweise ist er auf dem Weg zum Gericht zu zeitig dran. Als er Emmas Lehrerin sieht, erkennt er sie sofort wieder, ihre hellen Haare, das kleine Gesicht; Frau Fischer geht von der Grundschule nach Hause, zumindest glaubt Reinhard das. Die Riemen ihrer Tasche schneiden tief in die Schulter, und er fragt sich, ob man so schwere Bücher braucht, um Erstklässler zu unterrichten.

Er bremst ab, fährt im Schritttempo weiter, die Straße ist leer. An der nächsten Ampel hält er und wartet, bis Frau Fischer herangekommen ist. Er fährt das Fenster herunter. »Hallo«, sagt er, »hallo? Können Sie sich noch an mich erinnern?«

Einen Augenblick scheint sie verwirrt.

»Damals am Crêpestand, ich war mit Emmas Mutter da, Emma Angerer, die unterrichten Sie doch?«

Jetzt fällt es ihr wieder ein, sie bückt sich, nickt und lächelt, er kann ihr in den Ausschnitt sehen. Sie sagt sofort, dass Emma eine gute Schülerin sei.

»Jaja.« Reinhard klopft mit den Fingern aufs Lenkrad, hinter ihnen hupt jemand, obwohl man problemlos überholen kann, Reinhard ignoriert das Hupen. Als das Auto vorbeifährt, zeigt ihm der Fahrer einen Vogel und deutet auf die grüne Ampel.

»Kann ich Sie irgendwohin mitnehmen?«

»Nicht nötig, ich werde auf den Bus warten, Herr …«

»Porst, aber nennen Sie mich Reinhard, und nein, das ist überhaupt kein Problem.« Er lehnt sich hinüber und öffnet ihr die Tür.

Sie zögert. »Sie wissen doch gar nicht, wo ich wohne!«

»Das werden Sie mir dann ja verraten …«

Endlich steigt sie ein. Ihre schwere Ledertasche stellt

sie im Fußraum ab, zwischen ihren Beinen, zwischen ihren Stiefeln, die Ampel springt gerade wieder auf Rot.

»Eine Frau wie ein Salat«, sagt Reinhard später, in der Küche der Kanzlei, zu Lars.

»So grün?«

»So frisch.«

Lars murmelt etwas über Kaninchen, Reinhard versteht den Satz nur zur Hälfte. »Und Kristine?«, fragt Lars weiter.

»Ich mache doch gar nichts«, sagt Reinhard laut. »Aber ich musste ihr schließlich meine Karte geben ... Stell dir vor, sie hat mal ein juristisches Problem und geht damit zu *Rainer & Berg*!«

Lars schüttelt sich übertrieben. Die Konkurrenz schläft nicht ... Als er den Raum verlässt, schwappt sein Espresso über. »Trotzdem«, sagt er noch. »Du bist ein Spieler. Du solltest das Glück sehen, das du schon hast.«

Reinhard bleibt zurück. Vielleicht, denkt er, ist glücklich, wer nicht mehr unruhig ist. Lars lebt sein glückliches Leben, glücklich und zufrieden, bis dass der Tod ... Man gibt sich eben zufrieden. Aber Reinhard kann sich noch etwas anderes vorstellen als den Status quo; seit er nicht mehr mit Annemarie verheiratet ist, kann er sich fast alles vorstellen.

Er wird heute lange im Büro bleiben und die Espressotasse wieder und wieder füllen. Genug zu tun gibt es immer. An manchen Tagen liebt er gerade die trockenen Arbeiten, trägt Stapel ab und diktiert einen Schriftsatz nach dem anderen. Morgen hat er einen Termin mit dem Ehepaar Schneider, gleich als erstes Mandantengespräch.

Gegen sechs spürt er, dass er sowieso Überstunden machen muss – die Arbeit geht ihm nicht von der Hand. Mehrmals ertappt er sich dabei, lange aus dem Fenster gestarrt zu haben. Draußen die kahlen Bäume, eine zerfetzte Plastiktüte hängt in den Zweigen.

Im Nachbarzimmer klingelt das Telefon, und Reinhard fährt zusammen. Er richtet sich auf, drückt den Rücken durch, versucht es mit einer Konzentrationsübung, von der er im Medizinforum gelesen hat und die er seitdem ab und zu anwendet. Aber immer wieder denkt er an Frau Fischer. Er würde jetzt gern etwas trinken, den Whisky vom Vorabend kann er auf der Zunge schmecken, leicht süß, nach Kastanien. Reinhard legt den Kopf in den Nacken und spürt die verspannten Muskeln.

Am nächsten Tag, am Vormittag, gleich nach dem Termin mit den Schneiders, ruft er Kristine im Museum an. Kristine mag das nicht. Aber die Kollegin, die ans Telefon geht, erklärt, es sei überhaupt kein Problem. Sie könne Frau Angerer ausrufen. Sie tue das gern.

Er weiß, dass Kristine dort mitten im Gang steht, alle sie hören können, auch die Besucher, und die neugierige Kollegin von eben hört sicher besonders intensiv zu.

Trotzdem stellt er Kristine genau die Fragen, die er sich vorher überlegt hat. Sie windet sich, er spürt, wie sie jedes Wort mit Bedacht setzt. »Du musst doch«, flüstert er, »nur ja oder nein sagen.« Am Ende erfährt er, was sie in der letzten Nacht geträumt und dass sie sich schon einmal komplett rasiert hat. Er fordert sie auf, nach dem Telefonat auf die Toilette zu gehen, ihr Höschen auszuziehen und es in die Handtasche zu stecken. Er redet so lange, bis er sicher ist, dass sie mit knallrotem Kopf in diesem Gang steht und nicht mehr aus noch ein weiß. Dann erst legt er auf.

Immer wieder fasziniert ihn, wie zurückhaltend, fast schamhaft Kristine in der Öffentlichkeit ist, wie hemmungslos sie sich andererseits hingeben kann, sobald sie allein sind.

- 16 -

Eigentlich wollte Meisner nie wieder in den Blumenladen mit der unfreundlichen Verkäuferin gehen. Aber dann steht er doch vor dem Geschäft. Im Schaufenster ein Kübel mit Chrysanthemen. Korbblütler. Meisner versucht, durch die Chrysanthemen hindurch zu erkennen, ob die Verkäuferin im Laden ist.

Er öffnet die Tür und sieht sie hinter der Theke stehen. Doch diesmal ist sie freundlich, fragt, was sie für ihn tun kann, und schon nach ein paar Sekunden verspürt Meisner das Bedürfnis, ihr seinen Namen zu sagen. »Ich nehme«, überlegt er laut, »sieben Bartnelken. Die Bartnelke erinnert mich immer daran, wie ich heiße.«

Es funktioniert, die Verkäuferin muss lachen. »Wie heißen Sie denn?«, fragt sie.

»Bastian. Bartnelke. Verstehen Sie?«

Sie lacht noch einmal. »Ich heiße Barbara.«

Die Blumen vom letzten Mal, die mit den kleinen orangefarbenen oder gelben Blüten, sieht Meisner nirgends im Laden. Er würde die Verkäuferin, Barbara, sonst fragen, wie diese Blumen heißen. Er würde sie fragen, obwohl er den Namen schon selbst herausgefunden hat, *alstroemeria aurantiaca*.

Dass Emmas Mutter, Frau Angerer, als Aufsicht in dem Museum im Volkspark arbeitet, hat Meisner nicht gewusst. Im ersten Moment erkennt er sie gar nicht, als er dort einen Raum betritt: Frau Angerer trägt einen Hosenanzug, Meisner hat sie bisher nur im Rock gesehen. Er erschrickt. Frau Angerer steht in einer Ecke, nickt ihm zu und grüßt ihn.

In der folgenden Stunde irritiert ihn sehr, dass ihm seine Nachbarin von einem Raum in den anderen folgt. Sie wartet neben der Tür, während er schneller, als er es sonst tun würde, an den Bildern vorbeigeht. Vor einer Zeichnung bleibt er abrupt stehen. Der Titel lautet *Der Sonntagsjäger*, und der Jäger auf dem Bild scheint genau auf Meisner anzulegen. Jagt er an einem Sonntag? Jagt er selten, nur sonntags, und wird deshalb nicht treffen? Oder jagt der Jäger den Sonntag selbst?

Die neue Sachbearbeiterin würde sagen: Suchen Sie doch nicht immer das System hinter den Dingen.

Meisner tritt noch einen Schritt näher, beugt sich vor, um die feinen Striche erkennen zu können … Aber sofort hallen Absätze im Raum und Frau Angerer steht neben ihm, sie räuspert sich laut, er weicht zurück. Die Situation ist ihm so unangenehm, dass er das Museum Minuten später verlässt.

Trotzdem denkt er auf der Heimfahrt darüber nach, als Aufsicht zu arbeiten. Das Museum im Volkspark war leer und friedlich, und seine Öffnungszeiten passen beinahe in Meisners System. Vielleicht weiß die Sachbearbeiterin eine freie Stelle.

- 17 -

Reinhard genießt es, wenn sich Kristine unter seiner Kontrolle bewegt. Er weiß, dass sie tut, was er sagt.

»Aber ich arbeite morgen«, flüstert sie ins Telefon.

»Genau.« Er dreht einen Bleistift zwischen den Fingern.

»Und früh bringe ich Emma in die Schule.«

»Kein BH, den ganzen Tag nicht, Kristine. Ich will es so.«

Zwischen ihren üblichen Treffen meldet er sich jetzt fast täglich und gibt ihr Anweisungen. In den Nächten sitzt er vor dem Computer, wieder liest er und liest, er schaut sich Videos an, lange hat er sich nicht mehr so lebendig gefühlt. Er schickt Kristine in einen Pornoladen. Er verlangt, dass sie ihm eine vorgegebene SMS sendet und das Handy danach auf einem Tisch im Café »vergisst«. Kristine soll in der Angestelltentoilette masturbieren, während ihre Kollegen in der Küche, gleich um die Ecke, die Pause miteinander verbringen.

Sie hat ihm die Angestelltentoilette beschrieben: ein enges Kabuff, etwas Flüssigseife in einem Glasschälchen, als hätte man Angst, dass ein Seifenstück geklaut würde. Grüne Ölfarbe an den Wänden und ein Handtuch an einem Haken.

In diesem Fall ruft sie ihn hinterher atemlos an. Er selbst steht neben seinem Schreibtisch und beobachtet die Auszubildende, die gerade auf einen Stuhl steigt, um an einen staubigen Ordner ganz oben im Regal zu gelangen.

»Mir ist schlecht geworden«, sagt Kristine. »Ich habe so sehr die Luft angehalten, dass mir davon wahnsinnig übel ist. Noch jetzt. Ich bin draußen im Park, ich habe nicht mal meinen Mantel geholt, bin einfach aus dem Gebäude raus … Ich muss aufstoßen und … Reinhard, ich weiß nicht, was ich machen soll.«

Er ist kurz davor, selbst auf der Kanzleitoilette zu verschwinden, so sehr erregt ihn das Gespräch. Draußen ist es kalt, er erinnert sich an den Wetterbericht, den er beim Frühstück gehört hat, minus drei Grad.

Obwohl er nie gesagt hat, dass er sie überprüfen wird, sieht Kristine nicht erstaunt aus, als Reinhard ein paar Tage später am Schulhoftor auf sie wartet. Kristine trägt ihren grauen Wintermantel aus dickem Wollstoff, blickdichte schwarze Strumpfhosen, Stiefel, einen Schal. Sie hält Emma an der Hand, in der anderen den Schulrucksack. Um die Nase, denkt Reinhard, und um den Mund sieht Kristine ein bisschen blass aus, und sie geht langsam, vorsichtig, ohne große Bewegungen. Sie lächelt dabei. Als sich das Kind an ihre Seite drücken will, schiebt sie es weg.

Die beiden bleiben vor ihm stehen.

»Hallo Reinhard«, sagt Kristine.

Er begrüßt zuerst Emma, aber die schaut in alle möglichen Richtungen, nur nicht zu ihnen.

»Ja, also«, sagt Kristine, »dann geh mal rein, Madame.«

»Warte, Emma, bleib hier.« Reinhard hält den Schulrucksack fest, den Kristine gerade loslassen will. »Ich muss kurz was mit deiner Mutter klären.«

Kristine wird erst noch blasser, bekommt dann rote Flecken im Gesicht. »Nein«, flüstert sie, »lass sie da raus.«

Reinhard grinst. Was denkt sie denn? Dass er ihr jetzt vor all den Leuten, Eltern, Kindern, dass er ihr hier auf dem Schulhof den Mantel aufknöpfen wird?

Emma ist nun doch aufmerksam geworden. Mit großen Augen starrt das Kind Kristine an, sein Mund steht ein wenig offen, und im Mundwinkel, sieht Reinhard, ist Spucke getrocknet.

»Nein«, flüstert Kristine noch einmal. Und er streckt die Hand aus, legt sie flach auf ihren Mantel, knapp unter die linke Brust, mit zwei Fingern fährt er zwischen zwei Knöpfen hindurch und ertastet sofort nackte Haut. Trotz der Kälte fühlt sich die Haut leicht feucht an, als hätte Kristine geschwitzt. Sie zuckt unter der Berührung zurück.

Reinhard lässt die Hände fallen. Kristine trägt, wie er es ihr gesagt hat, unter ihrem Mantel nur die schwarze Strumpfhose. Schützend legt sie eine Hand auf die Knopfleiste, ihre Lippen zittern. Emma will etwas fragen, aber in diesem Moment taucht ein Mädchen auf und ruft ihren Namen; mit unerwarteter Kraft entreißt Emma Reinhard den Schulrucksack und stürmt davon. »Mein Gott«, flüstert Kristine.

Reinhard grinst wieder, er findet diese Art Grinsen selbst unwiderstehlich und hofft, dass das auch bei Kristine so ankommt. »Du darfst Reinhard zu mir sagen«, flüstert er zurück, und dann, erst dann, nimmt er sie fest in den Arm und küsst sie auf die weichen Haare.

Später, als sie sich voneinander lösen, glaubt er, aus dem Augenwinkel Frau Fischer wahrzunehmen, hinter einem Fenster im zweiten Stock, einem Fenster mit reichlich Weihnachtsdekoration. Aber im gleichen Moment tritt sie zurück in den Raum, und er ist sich nicht sicher, was er gesehen hat. Zusammen mit Kristine geht er zu seinem Auto, er hat ihr schon gesagt, dass er sich an ihrem freien Tag diesmal Urlaub genommen hat.

Und am Wochenende, am Samstagnachmittag, werden Emma und Kristine zu ihm zu Besuch kommen. Ein Stück Normalität, aber einen gedeckten Tisch mit Kaffee und Kuchen, den darf Kristine nicht erwarten, das hat Reinhard ihr gleich klargemacht.

Er hat gedacht, Emma müsse von seiner Wohnung begeistert sein, stattdessen scheint sie Angst zu haben. Sie betritt den Teppich im Wohnzimmer auf Strümpfen und trotzdem so vorsichtig, als könnte sie ihn schmutzig machen. Dabei hätte sie die Stiefel gar nicht ausziehen müssen. Kristine behält ihre Schuhe immer an. Aber bevor Reinhard reagieren konnte, hatte Emma sich die rosafarbenen Raulederstiefel schon von den Füßen gezerrt und ordentlich nebeneinander aufgestellt.

Er hätte ja sagen können: »Zieh sie wieder an. Vor Leuten mit Schuhen habe ich mehr Respekt.« Er unterdrückt ein Lachen.

Emma geht an der Ledercouch vorbei und bleibt in sicherem Abstand zu der großen Fensterscheibe stehen. Ehrfürchtig starrt sie sie an. Reinhard klopft mit den Knöcheln gegen das Glas. »Von hier kannst du die ganze Stadt sehen, vielleicht finden wir sogar deine Schule.« Aber Emma kommt nicht näher und Kristine winkt ab: »Sie weiß selbst, was sie sich zutraut. Sie ist ja schon groß.«

Plötzlich strahlt und nickt das Kind. Kristine lehnt sich an Reinhard, flüstert ihm zu, dass Emma immer selbständiger wird, ganze Nachmittage wegbleibt, sie hat offenbar einen Freund gefunden. Reinhard zieht die Augenbrauen hoch. »Na ja«, sagt Kristine, »es geht wohl weniger um diesen Jungen, mehr um seine Meerschweinchen.«

Noch einmal klopft Reinhard gegen die Scheibe. Dass Emma sich nicht zu ihm herwagt, frustriert ihn. »Das ist doch kein gähnender Abgrund, Emma. Sicherheitsglas, um da durchzubrechen, bräuchte man einen kleinen Elefanten. Nun komm schon!« Nicht einmal die Erwähnung des Elefanten bringt das Kind zum Lachen. Kristine zuckt die Achseln und betrachtet ihre Tochter, die sich auf den Teppich hockt, den Schulrucksack auspackt: Sie hat eine Barbie dabei, ein Malbuch, zuletzt holt sie die pinkfarbene Handtasche hervor, die ihr Reinhard geschenkt hat.

Er versucht etwas anderes, fragt, was sie trinken will. Extra für sie hat er Saft gekauft. »Apfelsaft?«, lockt er, »pur?«

Kristine sieht ihn an. »Nicht pur, ich habe dir doch gesagt, dass das schlecht für die Zähne ist.«

»Das eine Mal wird schon nicht so schlimm sein.«

»Ich will es aber nicht.«

Er geht zum Kühlschrank. »Wenn Emma mein Gast ist, darf sie trinken, was sie möchte.«

Aber Emma löst die Spannung auf ihre Weise, sie schaut nicht einmal auf. »Ich habe nie Durst«, murmelt sie ins Haar der Barbie. »Ich bin nämlich ein Durstwunder.«

Kristine muss lächeln. »Okay«, sagt sie, »aber nachher, bevor wir gehen, trinkst du ein Glas, ja? Gemischt, mit Wasser.«

Während das Kind im Wohnzimmer spielt, gehen sie in die Küche. Kristines weiche Oberschenkel unter dem Wollrock, als sie sich auf einen der modernen Stahlstühle setzt. Ihre Finger zucken zur Handtasche; Reinhard sieht genau, in welchem Moment ihr einfällt, dass sie hier nicht rauchen darf. Er kocht Kaffee und sie nickt, als er einen Schluck Grappa in ihren Espresso gibt. Caffè corretto hat sie zum ersten Mal bei ihm getrunken; sie hat vieles, was Reinhard seit Jahrzehnten vertraut war, erst durch ihn kennengelernt. Er legt ihr die Hand aufs Knie, bis sie die Beine öffnet. Mit den Fingerspitzen streicht er an den Innenseiten ihrer Schenkel entlang, sein rauer Daumen verhakt sich in der Strumpfhose.

Er hat beschlossen, diesmal keine Mail zu schreiben, keinen Link zu schicken, das hier ist wichtiger und persönlicher, er muss es Kristine vom Anfang bis zum Ende selbst erzählen. Und das tut er nun. Bis zu dem Ende, das sie gemeinsam weiterschreiben werden. Er holt weit aus, schlägt Details vor, sagt aber nicht, wo er die Geschichte herhat.

Schon während er redet, wirft sich Kristine im Stuhl zurück, Reinhards Hand rutscht von ihrem Knie ab und schlägt gegen das Tischbein. Kristine steht auf, die Beine unter dem Rock geschlossen; als ihr Stuhl über den Boden schabt, entsteht ein kreischender Ton. »Nein.« Sie lässt ihn nicht einmal ausreden. »Das geht nicht.«

Er bleibt ruhig. »Denk darüber nach.«

»Nein.« Sie versucht zu flüstern, klingt aber trotzdem, als würde der Stuhl noch einmal über den Boden geschoben.

Automatisch senkt auch Reinhard die Stimme. »Wir haben es ihr doch gut erklärt, das eine Mal, bei dem sie ins Schlafzimmer geplatzt ist.«

»Es hat sich aber nicht gut angefühlt.«

Sie verstummen und hören, wie sich im Wohnzimmer Emma mit sich selbst unterhält, sie summt etwas, dann gähnt die Barbiepuppe, eine Art brummiges Seufzen. Kristine sieht wütend aus, vielleicht nimmt sie deshalb noch einmal die Espressotasse in die Hand – um sich zu beruhigen. Am Boden ist ein letzter Tropfen zusammengelaufen, Kristine will die Tasse an den Mund setzen, stellt sie dann aber, mit einem Knall, auf der Tischkante ab. Reinhard kann sie gerade noch auffangen.

Er schiebt die Tasse außer Reichweite und hebt die Hände. »Kristine, wir tun nur, was uns beiden gefällt. So haben wir es ausgemacht und dabei bleibt es. Alles, was ich will, ist, dass du nicht sofort nein sagst.«

»Red leiser«, zischt sie ihn an, sie hat Tränen in den Augen. »Ich weiß doch, was passiert, wenn ich nein sage …«

Und im nächsten Moment läuft sie an ihm vorbei ins Wohnzimmer. Reinhard hört, wie sie Emma sagt, dass sie ihre Sachen zusammenpacken soll, aber ein bisschen plötzlich. Er hört Emmas erstaunte Stimme: »Jetzt schon? Wir sind doch gerade erst angekommen?« Als er aufsteht und sich in die Tür stellt, sieht er, dass es Kristine nicht schnell genug gehen kann, hastig stopft sie das Spielzeug in Emmas Rucksack.

Reinhard drückt sich gegen den Türrahmen, bis er ihn deutlich spürt. Natürlich müsste er jetzt etwas sagen. Aber er ist sich nicht sicher, was; und vor allem ist er sich nicht sicher, ob er das, was er sagen müsste, auch sagen möchte.

»Mama, pass auf, die Beine!« Empört zerrt Emma

die Barbie wieder aus dem Rucksack. »Du machst sie kaputt.«

»Deine Puppe ist mir scheißegal. Kannst du dich nicht einfach mal beeilen?«

»Ich habe aber Durst.«

Kristine zieht Emma den Anorak an, obwohl sich das Kind wehrt und zu weinen anfängt.

»Ich habe wirklich Durst. Du hast gesagt, ich kann was trinken, bevor wir gehen.«

»Zu Hause.«

»Aber ich habe jetzt Durst. Bis wir zu Hause sind, bin ich verdurstet.« Emma heult laut, während sie im Flur in ihre Stiefel steigt.

»Komm schon! Du darfst auch mal wieder einen Nachmittag zu Lina.«

»Ich will überhaupt nicht zu Lina! Ich will trinken!«

Reinhard stößt sich vom Türrahmen ab und geht den beiden hinterher. »Kristine, warte ...«

»Emma, jetzt mach!« Sie weicht seinem Blick aus, klemmt sich den Kinderrucksack unter den Arm und zerrt Emma aus der Wohnung. Emmas Gesicht ist nass und aufgequollen; vergeblich versucht sie, Kristine ihre Hand zu entwinden. Das Heulen des Kindes kann Reinhard noch hören, als sich die Fahrstuhltür schon geschlossen hat.

Eine ganze Weile bleibt er im Eingang zu seiner Wohnung stehen. Jetzt werden Kristine und Emma im Erdgeschoss angelangt sein. Jetzt werden sie das Haus verlassen haben, zur Straßenbahn laufen. Und dann denkt er: arbeiten. Er muss arbeiten, es gibt heute noch eine Menge zu tun, und nichts davon kann warten.

Spät in der Nacht fängt er an, sich zu befriedigen, bricht aber ab. Nach der Trennung von Annemarie hatte er das Gefühl, seinen Körper mit jedem Tag besser kennenzulernen. Systematisch erforschte er seine Erregungskurve, er drückte und rieb, arbeitete sich den Schaft entlang bis kurz vor die Eichel, knetete die Hoden. Überall fühlte sich die Erregung anders an, bis sie sich zum Ende hin steigerte. Je länger Reinhard den Orgasmus hinauszögerte, desto intensiver spürte er ihn.

Aber in dieser Nacht liegt er im Bett auf dem Rücken, nimmt die Hände wieder weg und verschränkt sie über der Brust. Er starrt an die dunkle Zimmerdecke und denkt an Kessel. Damals, im Internat, hat er Kessel gezeigt, wie man sich selbst befriedigt – lange vor der Zeit, in der Kessel nur noch Sandalen trug.

Sie hockten nebeneinander im Abstellraum der Turnhalle. Kessel hatte die Sache bis dahin nie durchgezogen, aus irgendeinem Grund hatte er Angst davor, das wusste die ganze Klasse. Reinhard hatte gesagt: »Bevor wir in die Neunte kommen, musst du.« Als sie sich im Abstellraum trafen, standen die Sommerferien schon vor der Turnhallentür.

Er weiß noch genau, was Kessel, erschrocken, rot im Gesicht, endlich erfolgreich, gesagt hat: »Es sind so viele!«

»So viele was?«

»So viele Gefühle.« Kessel stöhnte.

Und natürlich konnte er nach dem ersten Mal nicht mehr aufhören. Er machte es morgens nach dem Aufwachen, abends vor dem Einschlafen und zwischendurch auf dem Schulklo, er erkundigte sich bei Reinhard, wie oft denn normal sei. »Sooft du willst«, sagte Reinhard großzügig. Aber in den Sommerferien wurde Kessel von seiner Mutter erwischt und erklärte am Ende einer tränenreichen Diskussion, Reinhard habe ihn zu *dieser Sache* angestiftet. Und *diese Sache* zog Kreise. Als das neue Schuljahr begann, bestellte der Direktor Reinhard in sein Zimmer. Reinhard hörte sich alles an und hob dann beschwörend die Hände. Das sei doch, sagte er, ganz eindeutig eine Ausrede. Wie solle denn das gehen, jemanden zur Selbstbefriedigung zu zwingen?

Der Direktor kontrollierte Reinhards Hefte und fand am Rand einer Matheaufgabe ein hingekritzeltes *Dreimal am Tag reicht nicht.* Er knallte das Heft vor Reinhard auf den Tisch. »Ein ganz allgemeiner Satz«, rief Reinhard, »der für alles gilt, was man mag. Sie zum Beispiel … Sie gehen doch gern angeln … da werfen Sie auch nicht nur dreimal am Tag die Angel aus, oder?«

- 18 -

Emma beginnt, Dinge in Meisners Wohnung zu bringen. Ein graues Sofakissen, zwei Schulbücher, bei denen es Meisner wundert, dass sie sie in der Schule nicht braucht, aber offenbar werden sie nicht vermisst. Am nächsten Tag einen kleinen Plastikbehälter mit zehn Garnrollen in unterschiedlichen Farben. Emma schiebt die Sachen unter den Tisch am Fenster, ganz an die Wand, unter die Heizung, als müsste sie noch Platz bereithalten, als würde da bald mehr kommen.

An einem Vormittag, an dem der Himmel nach Sommer aussieht, nicht nach Dezember, zieht Meisner Vaters warmen Wintermantel an und nimmt die Wochenzeitung mit nach draußen. Der Spielplatz hinter dem Haus ist klein, zwei Klettergerüste, eine Rutsche, zwei Schaukeln direkt nebeneinander, darunter schmutziger Sand. Das eine Klettergerüst erinnert an eine aus Seilen geknüpfte Pyramide. Ein paar Mütter warten auf den Bänken am Rand auf die spielenden Kinder. Wenn man warm genug angezogen ist, kann man eine Weile in der Sonne sitzen, ohne zu frieren.

Nachdem Meisner einen Artikel gelesen hat, faltet er die Seiten zusammen und legt die Zeitung neben sich auf die Bank. Er achtet kaum auf die Jungen und Mädchen, die sich kreischend anschieben, die Rutsche hinunter, manchmal halten sich mehrere Kinder aneinander fest und rutschen gemeinsam, und danach klettern sie sofort wieder die Leiter hinauf.

Meisner steckt die Hände in die Manteltaschen und schließt die Augen, die Sonne scheint ihm genau ins Gesicht. Nur die Ohren kann er nicht verschließen. Die streitenden Kinder wiederholen ihre Sätze immer wieder. *Ich hab's nicht gemacht. Hast du doch. Hab ich nicht. Hast du doch.* Meisner ist kurz davor einzuschlafen, als er plötzlich eine Stimme ganz in der Nähe hört, keine Kinderstimme. »Warum sitzen Sie hier?«

Vor Schreck kneift er die Augen erst fest zusammen. Dann öffnet er sie doch und sieht eine Frau, die er flüchtig kennt, weil sie in seinem Haus wohnt. Die Frau steht direkt vor ihm, und er ist sich nicht sicher, welches Kind zu ihr gehört. »Wie bitte?«

»Warum Sie hier sitzen!«

Die Frau verstellt ihm die Sonne.

»Ich weiß nicht ... Ich verstehe nicht ...«

In den Taschen des Wintermantels presst er seine Hände gegen die Oberschenkel, in der rechten Tasche steckt ein altes Taschentuch.

»Das ist ein Spielplatz«, sagt die Frau, »kein Park. Wir möchten wissen, warum Sie hier sind.«

Zwei Mädchen haben aufgehört zu schaukeln und starren herüber.

Meisner hört sich sagen: »Ich will nur ein bisschen die Sonne ... dafür stehen doch Bänke hier, auf denen man sitzen kann ...«

Die Frau schüttelt den Kopf. »Sitzen Sie bitte woanders, nicht hier am Spielplatz.« Sie wartet, bis Meisner genickt hat, dann erst dreht sie sich um und geht zurück zu den anderen, jüngeren Müttern, die sofort die Köpfe mit ihr zusammenstecken.

Meisner steht auf. Weil er nicht an den Frauen vorbeigehen will, tritt er direkt von der Bank auf den Rasen, stößt sich dabei an einem Mülleimer, quer über die vernachlässigte Wiese läuft er zum Haus. Die Blicke folgen ihm, auch die Sonne strahlt jetzt auf seinen Hinterkopf. Meisner drückt die Hände noch tiefer in die Manteltaschen, das verklebte, zusammengeknüllte Taschentuch in der rechten muss seit dem letzten Winter dort stecken, er schließt die Finger darum und dann, mit einer ruckartigen Bewegung, zieht er die Hand aus der Tasche und lässt das sich auflösende Papierknäuel auf den Rasen fallen. Danach geht es ihm etwas besser. Diese Frauen sollen mal sehen, ob ihre Kinder hier noch spielen wollen, wenn überall Müll herumliegt!

Er ist doch immer freundlich. Er grüßt die Nachbarn, denen er im Treppenhaus begegnet, hört keine Musik und achtet darauf, dass der Meerschweinchenkäfig nicht stinkt. Wenn er Pfeife geraucht hat, lässt er die Wohnungstür geschlossen, damit der Qualm nicht ins Treppenhaus zieht. Aber seit es das Meerschweinchen gibt, raucht er sowieso nur noch am offenen Fenster.

Er schließt die Hintertür auf und geht so leise wie möglich die Treppe hoch. Dabei fällt ihm ein, dass er seine Wochenzeitung auf der Bank vergessen hat.

- 19 -

Beim ersten Versuch, aus dem Internat abzuhauen, war Reinhard nicht weit gekommen. Er hatte den üblichen Weg gewählt, den einzigen, den er kannte. Zu Fuß bis zur Bushaltestelle, mit dem Bus den Berg hinunter, mit einem zweiten weiter ins Tal, zum Bahnhof. Die Kleinstadt lockte ihn nicht. Andere Jungs, die wegliefen, verbrachten einfach mal einen Nachmittag ohne Aufsicht, sie gingen ins Kino, besorgten Pornohefte und Alkohol, und am Abend kamen sie zurück. Aber Reinhard wollte trotz allem nach Hause, in sein riesiges, viel zu aufgeräumtes Zimmer im Ruhrpott. In einer Gruppe allein zu sein, unter zweihundert anderen Jungs, das war noch schlimmer.

Er kaufte eine Fahrkarte – doch bevor der Zug einfuhr, griffen sie ihn schon auf. Jemand hatte ihn beim Mittagessen vermisst, und mit dem Auto erreichte man den Bahnhof natürlich schneller als mit dem Bus.

Beim zweiten Versuch, ein halbes Jahr später, ging er klüger vor. Er hatte die Fahrpläne lange studiert und an einem Alibi gebastelt, das ihm ein paar Stunden Vorsprung geben sollte. Er kaufte die Fahrkarte, stieg in den Zug und erreichte Dortmund. Er rechnete mit allem – nur nicht damit, dass ihn sein Vater sofort ins Auto setzen und zurückbringen würde. Reinhard hatte keine drei Worte mit seiner Mutter reden können, ausnahmsweise waren sich die Eltern einig gewesen. Mit dem Vater, im Auto, war sowieso jedes Gespräch sinnlos. Mitten in der Nacht überquerten sie die Schweizer Grenze. An einer Raststätte bestellte Reinhard Pommes, Currywurst, Pizza, Cola, rührte dann aber nichts davon an. Der Vater bezahlte kommentarlos.

Beim dritten Mal klappte es. Reinhard mied die Straße. Mit seinem Rucksack auf dem Rücken stieg er auf der anderen Seite des Berges ab, einen ganzen Tag war er im Wald unterwegs. Zwei Täler weiter nahm er einen Zug nach Zürich, fuhr von dort nach Berlin, wo er sich bei Kessels Schwester versteckte, die seit kurzem Philosophie studierte. Reinhard rief erst nach vier Tagen in Dortmund an, von einer Telefonzelle aus. Seine Mutter ging sofort ran. Sie bat ihn, sich wieder zu melden. Weitere zwei Tage später durfte er nach Hause kommen.

Die letzten beiden Schuljahre verbrachte Reinhard auf einem normalen Gymnasium. Im Nachhinein behauptete der Vater immer, das wäre seine Idee gewesen.

- 20 -

Aus Meisners Regal nimmt Emma ein Buch über Wirbeltiere und schiebt es ebenfalls unter den Tisch, zu den übrigen Sachen. Auf dem Schutzumschlag ist ein Hahn abgebildet.

Spät am Abend, als sie ganz sicher schon schläft drüben in der anderen Wohnung, raucht Meisner eine Pfeife am offenen Fenster und hat dazu das Licht gelöscht. Plötzlich sieht er seine Nachbarin, Frau Angerer, auf der Rasenfläche zwischen den vier Wohnblöcken. Auch sie raucht, ihre Zigarette glüht auf. Erst will Meisner das Fenster schließen, aber das würde ein Geräusch verursachen, Frau Angerer würde aufsehen und glauben, er habe sie beobachtet.

Sie geht hin und her, während sie raucht, bleibt unter der Lampe vorm Haus stehen, die Haare fallen ihr ins Gesicht, könnten Feuer fangen an der Zigarette. Von einem Bein aufs andere tritt Frau Angerer, hebt die Füße, als rieben ihre Oberschenkel schmerzhaft aneinander. Sie lässt den Zigarettenstummel fallen und tritt ihn aus, dann steckt sie sofort die Hand in die Manteltasche, fingert eine neue Zigarette aus der Packung; sie braucht mehrere Versuche, bis die Zigarette endlich brennt. Beim ersten Zug verzieht Frau Angerer das Gesicht.

Wieder beginnt sie herumzugehen, läuft über den Asphalt auf den Rasen. Unerwartet nimmt sie die Zigarette in die Linke, streckt die rechte Hand aus und schlägt sich auf den Unterleib, auf den Rock, auf den Mantel. Die Wäschestangen ragen neben den Büschen in der Dunkelheit auf, Meisner weicht vom Fenster zurück. Frau Angerer stolpert, stößt sich die Hand an einer der Stangen, mit einem Aufschrei bleibt sie stehen, lässt die Zigarette fallen, hält die rechte Hand mit der linken fest, und dann streckt sie die Hand wieder aus und greift nach der Wäschestange, sie beugt sich vor, sie hustet, danach muss sie kurz würgen.

Meisner weicht noch weiter vom Fenster zurück. So leise wie möglich geht er aus der Küche.

- 21 -

Als Reinhard Emmas Lehrerin zum dritten Mal begegnet, handelt es sich um einen dieser Zufälle, mit denen niemand rechnet.

Lars feiert, ein paar Wochen vorgezogen, seinen Abschied vom Junggesellenleben. Aber er feiert nicht in einer Kneipe, scheppernd, krachend, hochprozentig, sondern bei sich zu Hause, in der Wohnung, in der er mit seiner Verlobten zusammenlebt. Mit seiner *Partnerin*. Und es kommt noch besser: Die Partnerin ist bei der Feier dabei. Lars und Yvonne feiern den Junggesellenabschied und den Junggesellinnenabschied gemeinsam. »Das ist nicht dein Ernst«, hat Reinhard zu Lars gesagt.

Obwohl er den ganzen Tag keine Lust auf diese Veranstaltung hatte, geht er hin und überreicht Lars im Flur die mitgebrachte Flasche Whisky. Im gleichen Moment entdeckt er durch die offene Tür zum Wohnzimmer Frau Fischer, die sich dort mit Yvonne unterhält. Lars studiert das Etikett. »Bushmills Malt«, sagt Reinhard mechanisch, »sechzehn Jahre in drei verschiedenen Fässern gereift.« Was macht Emmas Lehrerin hier?

»Oh, danke, Reinhard.«

Lars zeigt ihm, wo er seine Jacke aufhängen kann,

dann will er ihn mit in die Küche nehmen. »Dort sind die echten Männer.« Er streckt die Whiskyflasche in die Höhe wie einen Hauptgewinn und lacht. »Du musst uns«, sagt er, »noch mal die Geschichte erzählen, wie sich dein Mitazubi mit der Kreissäge in den Daumen geschnitten hat …« Aber Reinhard winkt ab, schüttelt den Kopf, er will zuerst ins Wohnzimmer.

Ein Teppich, den ganz sicher Yvonne ausgesucht hat. Am Fenster stehen zwei Frauen und reden leise, ein Pärchen teilt sich am Tisch ein orangefarbenes Getränk in einem hohen schmalen Glas. Frau Fischer und Yvonne sitzen auf der Couch.

»Manchmal habe ich so ein Bedürfnis«, sagt Frau Fischer gerade, »ein Bedürfnis, mich zu bewegen, und dann hilft nur laufen, acht Kilometer sind das Minimum.« Sie spürt, dass sie beobachtet wird und schaut auf, erkennt Reinhard diesmal sofort. »Was machen Sie denn hier?«

Er lächelt. »Hatte ich Ihnen nicht gesagt, in welcher Kanzlei ich arbeite? Ich bin der Lieblingskollege … Und Sie? Braut oder Bräutigam?«

Er dreht sich nur halb zu Yvonne um, die ihm an Frau Fischers Stelle antwortet: »Jenny ist meine Kusine. Hallo, Reinhard.«

Er hat Yvonne bei Lars' Geburtstag kennengelernt, und auf einer Feier der Kanzlei hat sie angefangen, ihn zu duzen. Frau Fischer erklärt ihr nun, wann und warum sie Reinhard begegnet ist. Er betrachtet sie dabei. Ihre Bluse wirkt, als wäre sie verrutscht, aber vielleicht soll das so sein, der Schnitt ist ungewöhnlich, asymmetrisch, der rechte BH-Träger ist zu sehen. Frau Fischer wird rot, als sie Reinhards Blick bemerkt.

»Ach.« Yvonnes Stimme ist grell. Reinhard kann gar nicht glauben, dass sie und Frau Fischer – Jenny – verwandt sind, sie ähneln sich in keiner Hinsicht. »Wenn Kristines Tochter in deine Klasse geht«, sagt Yvonne, »dann gibt es Reinhards Kristine also wirklich. Wir haben schon daran gezweifelt, weil er sie uns nie vorgestellt hat. Dabei haben wir mehrmals angeboten, dass er mit ihr zum Essen zu uns … Wie ist sie denn so?«

Die Frage ist Frau Fischer unangenehm. »Sie ist die Mutter einer Schülerin, ich kenne sie doch gar nicht.«

»Aber sieht sie …« Yvonne reißt die Augen auf. »… sieht sie gut aus?«

Frau Fischer nickt, und auch Yvonne beginnt zu nicken, befriedigt oder ein bisschen enttäuscht, Reinhard ist sich nicht sicher. Sie legt ihm die Hand auf den Arm und zieht ihn neben sich auf die Couch. »Lars will mir ja nicht verraten«, sagt sie, »wie ihr euch kennengelernt habt, deine Kristine und du. Erzählst du es uns?«

Reinhard streckt die Beine aus. Die Couch ist zu weich, er rutscht unweigerlich zu Yvonne in die Mitte. »Natürlich«, sagt er, »gern, kein Problem. Kristine hat bis vor kurzem als Prostituierte gearbeitet und ich war ihr Freier.«

Frau Fischer lacht hell auf, und nach einer Pause beginnt auch Yvonne zu kichern, allerdings eher unsicher. Reinhard legt ihr die Hand aufs Knie. »Nein, nein«, widerspricht er sehr ernsthaft, »das war kein Witz.« Yvonne verstummt sofort. Frau Fischer beißt sich auf die Lippen, kann aber nicht verbergen, dass sie noch immer grinst, und ihre Augen strahlen.

In diesem Moment schiebt Lars die Falttür zur Küche auf, dort wird offenbar geraucht, der Qualm zieht sofort ins Wohnzimmer. »Reinhard«, brüllt Lars, »wo bleibst du denn? Wir wollen was von der Kreissäge hören.« Um den Küchentisch drängen sich mehrere Männer, es klirrt, jemand johlt und ruft: »Blut!« Yvonne zieht die Augenbrauen hoch. »Jetzt lass dich nicht bitten, Reinhard«, sagt Lars, »das tust du sonst auch nicht. Hier gibt's was Richtiges!« Er hat das Hemd ausgezogen und lässt die Muskeln unter seinem engen weißen T-Shirt spielen.

Reinhard zuckt die Achseln. »Soll ich Ihnen«, fragt er Frau Fischer, »etwas zu trinken mitbringen?«

Sie schüttelt den Kopf und deutet auf ihr fast volles Weinglas. Einen Augenblick starrt Reinhard das Glas an, als wüsste er nicht, wie es nun weitergeht; dann steht er auf.

Später am Abend sitzt er mit Frau Fischer in Lars' Arbeitszimmer, sie haben eine Flasche mitgenommen. Frau Fischer hat die Tür nicht ganz geschlossen – trotzdem können sie sich hier besser unterhalten als im Wohnzimmer, wo mittlerweile Musik läuft.

»Und warum«, fragt Reinhard, »sind Sie Lehrerin geworden?«

Eine komplizierte Geschichte, ihre Grundschullehrerin musste aus politischen Gründen die Schule verlassen, 1988, in der ostdeutschen Kleinstadt, in der Frau Fischer aufgewachsen ist. Er gießt ihr Wein nach und beobachtet, wie sie trinkt, kleine Schlucke, auf der Oberlippe trocknet ein Tropfen. Lars' Arbeitszimmer hätte Reinhard sich bis ins Detail so vorgestellt, mit dem Fahrrad-Ergometer vor dem Fenster, im Regal stehen neben der Fachliteratur zerlesene Krimis und eine Comicsammlung.

»Aber heute Lehrerin zu sein«, sagt Reinhard, »bedeutet doch Kampf: Wachschutz auf dem Schulhof, Halbwüchsige mit Messern … Sie ganz allein als Dompteuse einer Schülerschaft ohne Zukunft …«

»Herr Porst, ich unterrichte an einer Grundschule.«

Er lacht. »Und da ist es noch nicht ganz so schlimm?«

Sie beugt sich kurz zu ihm hinüber, flüstert in sein Ohr: »Das Schlimmste, was passiert, ist, dass ein Kind nicht auf seinem Stuhl sitzen bleiben will.«

Er flüstert ebenfalls: »Und was machen Sie dann?«

Im Zurücklehnen zieht sie betont die Brauen hoch. »Na, was wohl, ich binde das Kind am Stuhl fest. Melden Sie mich jetzt der Schulaufsicht?«

»Das ist aber gar nicht schön, Frau Lehrerin. Was würden *Sie* sagen, wenn ich Sie einfach …« Lars' Schreibtischstuhl ist ein kompliziertes Gerät mit diversen Hebeln und Drehschrauben, wahrscheinlich kann man fast alles an ihm verstellen.

»Es ist doch nicht nötig. Laufe ich etwa im Zimmer

herum und störe den Unterricht? Na, sehen Sie!« Jetzt muss sie doch lachen.

Reinhard hat zu schnell getrunken, schon am Nachmittag angefangen, bevor er zu Lars fuhr. Er hätte nicht gedacht, dass er heute noch einen klaren Kopf braucht. Als er das Spiel nicht aufrechterhält, wird Frau Fischer rot und weicht seinem Blick aus, und er konzentriert sich wieder und wechselt das Thema. »Haben Sie diese Lehrerin, die Sie so beeindruckt hat, später noch einmal getroffen? Nein? Sie haben nie versucht, sie ausfindig zu machen? Warum denn nicht?«

»Ist das ein Verhör?« Frau Fischer lächelt und schiebt ihr Weinglas zur Seite, nimmt ihre Tasche vom Boden hoch, die gleiche große Ledertasche, mit der sie auch von der Schule nach Hause gegangen ist, nur dass die Tasche diesmal nicht ganz so voll zu sein scheint.

»Entschuldigen Sie.« Reinhard zuckt zusammen. »Eine Berufskrankheit.«

Sie fährt mit der Hand in die Tasche, scheint etwas zu suchen. Er fragt sich, warum sie die Tasche nicht unter die Lampe hält und hineinsieht – aber da ist sie schon fündig geworden, zieht einen Lippenstift hervor und schminkt sich gedankenverloren nach. Man merkt, dass sie das schon oft getan hat; sie braucht keinen Spiegel, um das Ergebnis zu prüfen. Plötzlich sieht sie müde aus. »Ach«, sagt sie, »eigentlich ist das ja schön. Es gibt kaum Leute, die Fragen stellen.«

Reinhard beugt sich vor. »Vielleicht wollen Sie mich auch etwas fragen? Was möchten Sie von mir wissen?«

Sie zögert einen Moment zu lange, draußen klappt eine Tür, sie hören Lachen und Schritte, im Wohnzimmer läuft keine Musik mehr, dann kommt Yvonne herein. Reinhard überlegt, ob Lars sie geschickt hat, Lars, der findet, dass Reinhard *das Glück sehen soll, das er schon hat.* Yvonnes Augen glänzen. »Ihr müsst«, sagt sie, »rüberkommen, wir spielen *Wer bin ich.*« Sie steckt sich den Zeigefinger in den Mund, fährt mit dem Nagel zwischen zwei Zähne, flucht: »Dieser verdammte Schinken.«

Kleben die sich da drüben im Wohnzimmer wirklich Zettel auf die Stirn? Reinhard kann das gar nicht glauben. Yvonne gibt kichernd zu, sich das Spiel gewünscht zu haben. »So jung«, sagt sie, »kommen wir nicht mehr zusammen.«

Frau Fischer gähnt und schüttelt den Kopf, sie hat schon vor einer halben Stunde gesagt, dass sie bald nach Hause fahren wird. Yvonne sieht enttäuscht aus. »Aber du«, fragt sie Reinhard, »bleibst doch?«

»Vielleicht«, sagt er.

Neugierig steht sie in der Tür. »Was treibt ihr hier eigentlich, so allein?«

»Zu zweit«, sagt Reinhard. »Allein kann man nur allein sein.«

Yvonne schüttelt den Kopf. Bevor sie zurück ins Wohnzimmer geht, sagt sie trotzig: »Sie hat überhaupt nicht als Prostituierte gearbeitet, ich habe Lars gefragt.«

Im Flur hält Reinhard Frau Fischers Tasche fest, während sie eine Strickjacke daraus hervorholt. Seit ein paar Tagen ist die Kälte schneidend. Frau Fischer zieht die Strickjacke über ihre Bluse, aber als sie den Mantel vom Haken nehmen will, bleibt ihre Hand auf halbem Weg in der Luft stehen. Sie lässt sie fallen und dreht sich entschlossen zu Reinhard um.

»Ja. Ja, ich würde Sie gern etwas fragen.«

Er lächelt und stellt ihre Tasche ab. »Dann tun Sie es.«

»Es geht um Emma.«

Von einer Sekunde auf die andere ist er wütend. Er muss sich anstrengen, weiterhin entspannt und interessiert zu wirken. Natürlich, was hat er denn gedacht, es geht immer um Emma.

Er atmet tief durch. »Was stimmt nicht mit ihr?«

Sofort schwächt sie ab. »Ich habe nicht gesagt, dass etwas nicht stimmt. Ich dürfte sowieso nicht mit Ihnen darüber sprechen.«

»Wir lassen es unter die Schweigepflicht fallen.«

Das Deckenlicht im Flur blendet, gewollt witzige Strahler an einer Schiene, hellblaue Dreiecke und rosa Hütchen, Frau Fischer blinzelt. »Emma ist in der letzten Zeit … unkonzentriert. Vorgestern, als wir früh im Stuhlkreis saßen …« Sie versucht, sich genau zu erinnern. »Sie ist plötzlich aufgestanden, hat den Kreis durchquert und eins der anderen Mädchen ins Gesicht geschlagen.« Sie bückt sich und hebt ihre Tasche hoch, will sich die Riemen über die Schulter schieben, als ihr einfällt, dass sie vorher den Mantel anziehen muss. »Ich habe Emma gefragt, warum sie das Mädchen geohrfeigt hat, und sie konnte mir keinen Grund nennen. Sie sagte, die andere *sei eben doof.*«

»Und, ist sie doof?«

Frau Fischer lächelt nicht. »Das ist ein etwas penetrantes Mädchen, mit einer schrillen Stimme. Ein Kind, das viel Raum einnimmt. Aber darin liegt doch keine Entschuldigung! Das kann ich Emma nicht einfach durchgehen lassen!«

Reinhard beißt sich auf die Lippen. Er hat sich gerade vorgestellt, wie er hinüber ins Wohnzimmer geht, wo die anderen Gäste in einem Stuhlkreis sitzen … Wie er den Stuhlkreis durchquert und Yvonne eine Ohrfeige gibt, ohne Grund, einfach so. Er kann Emma gut verstehen. Plötzlich ist er fast stolz auf sie.

»Wissen Sie vielleicht«, fragt Frau Fischer, »ob sich zu Hause etwas verändert hat? Gibt es Streit? Muss Frau Angerer mehr arbeiten, so dass Emma allein ist?«

»Sie machen sich Sorgen?«

»Ja, dieses Verhalten passt überhaupt nicht zu ihr … Hat Emma vielleicht neue Freunde? Kinder können viel Einfluss aufeinander nehmen. Es könnte sogar ein Erwachsener sein!«

Reinhard schüttelt den Kopf. »Emma besucht immer diesen Jungen im Nachbarhaus, wegen seiner Meerschweinchen. Aber das geht schon länger.«

Frau Fischer reibt sich gedankenverloren über die Wange, mehrmals, bis ein roter Fleck zu sehen ist.

»Vielleicht«, fragt Reinhard, »die Umstellung auf die Schule?«

Er merkt gleich, dass sie das nicht glaubt, ihm aber nicht widersprechen will. Sie gibt sich einen Ruck und zieht den Mantel an. »Kann sein. Ich möchte Sie einfach bitten, auf Emma zu achten. Sie sehen sie doch regelmäßig.« Müde lässt sie die Schultern hängen, sie lässt den Kopf fallen und dreht ihn, um die verspannten Muskeln zu lockern, hin und her.

Reinhard deutet mit dem Kinn auf die Wohnzimmertür. »Ich muss da nicht rein. Ich könnte Sie nach Hause fahren.«

»Sie haben doch getrunken. Und außerdem ... ist das nicht genau Ihr Ding? Fragen stellen?«

»Ich möchte Sie aber wirklich gern fahren!«

Sorgfältig wickelt sie einen Wollschal um ihren Hals. »Ich möchte aber wirklich lieber nicht.«

»Dann wünsche ich Ihnen eine gute Nacht.« Er räuspert sich. »Jenny. Darf ich Sie Jenny nennen? Wartet denn jemand auf Sie, zu Hause?«

Sie verzieht den Mund. »Auf Wiedersehen, Herr Porst. Spielen Sie noch schön und bitte grüßen Sie Frau Angerer.« Und dann ist sie weg, und er ist immer noch da. Bevor er ins Wohnzimmer geht, schaut er auf sein Handy, aber es sind keine neuen Nachrichten eingetroffen, auch nichts von Kristine.

– 22 –

Die Verkäuferin, die Barbara heißt, erkennt Meisner wieder. Er hält sich an alle Regeln, fasst keine Blume an; im Gegenzug erklärt sie ihm bereitwillig, welche Sorten sich lange halten. Sie kombiniert schon in den Verkaufseimern Blumen, die zusammenpassen – manchmal gerade deshalb, weil sie so verschieden sind. Wenn sich niemand im Laden befindet, stellt Barbara im Hinterzimmer Grabgestecke oder Hochzeitssträuße zusammen. Und regelmäßig fährt sie zum Großhändler, um neue Sorten auszusuchen.

Am Nachmittag geht Emma in Meisners Zimmern umher wie ganz am Anfang, als sie seine Wohnung noch nicht kannte. Sie fasst die Vase auf der Kommode an, den Knauf der Schublade des Sekretärs, sie fasst alles an. Dann dreht sie sich zu Meisner um und fragt: »Du sagst es doch immer noch niemandem, wenn ich bei dir bin? Und bekommst du eigentlich anderen Besuch außer mir?«

Er zögert. »Nein«, antwortet er endlich, »eigentlich nicht.«

»Das sollst du auch nicht.« Emma runzelt die Stirn. »Ich bin deine einzige Freundin, oder?«

Er denkt an sein Leben vor Emma, die Pfeife, die Wochenzeitung, das Sofa, und weiß nicht, was er antworten soll.

»Sag es«, verlangt sie. Er sieht, wie sie in den Hosentaschen die Fäuste ballt.

»Ja«, sagt er, »die einzige Freundin.«

Unvermittelt lacht sie auf und wirft dabei den Oberkörper nach vorn, als müsste sie etwas heraushusten. »Ich brauche dich übrigens«, erklärt sie nachdrücklich, »überhaupt nicht.« Danach lässt sie ihn stehen, hockt sich unter den Tisch und schlägt das Buch über Wirbeltiere auf.

\- 23 -

Ein Abendessen, das ist das, was sie verabreden, als sie die Funkstille nicht mehr ertragen. Reinhard schlägt es per SMS vor und Kristine geht dankbar darauf ein.

Am Abend vorher liegt er bäuchlings auf seinem Bett. Er spürt ein Ziehen im Rücken und reibt sich mit der freien Hand das Kreuz. Ein Foto rutscht von der Bettdecke, seit Stunden schaut er sich Fotos von Kristine an, solche, die er gemacht hat, während eines Ausflugs oder in seiner Wohnung, und andere, die sie ihm geschenkt hat. Eins der Bilder ist hier in seinem Schlafzimmer entstanden, es zeigt Kristine auf dem Bett, gelöst wie selten, sie trägt nur ein Unterhemd mit Spitze. Ihr nackter Hintern ragt in die Luft, darunter das zerknäulte Laken, die Beine hat Kristine gespreizt, der Kopf liegt nicht auf dem Kissen, sondern daneben.

Wenn sie ja gesagt hätte, hätte sie ganz und gar – er denkt, und kommt sich dabei selbst albern vor, *mit Haut und Haar* – ganz und gar hätte sie ihm gehört. Wenn sie ja gesagt hätte, hätte er alles mit ihr machen können, alles, was er sich wünscht und was er sich vorstellen kann, und seit er nicht mehr mit Annemarie verheiratet ist, kann er sich wirklich eine Menge vorstellen. Und das, was Kristine sich wünscht, hätten sie ebenfalls machen können.

Er steht auf, geht ins Wohnzimmer hinüber, bewegt die Maus, bis der Computerbildschirm aufflackert. Zum ersten Mal seit Monaten loggt sich Reinhard ins Datingportal ein, in sein altes Profil. Er liest die aufgelaufenen Nachrichten nicht, aber er lässt sich davon beruhigen, wie viele es sind, er überfliegt die Namen, erkennt mehrere wieder, von Frauen, denen er geschrieben hat, bevor er Kristine kennenlernte. Würde er nur eine dieser Nachrichten öffnen, das weiß er, könnte er sofort wieder hängen bleiben, stundenlang würde er hier sitzen und nachlesen, was er verpasst hat, weil er glaubte, sonst etwas zu verpassen.

Emma bekommt schon Abendessen, während der Auflauf für Reinhard und Kristine noch im Ofen ist. Sie sitzen in der Küche, Reinhard auf dem Stuhl neben Emma, Kristine hat ihr ein Brot mit ihrer Lieblingswurst gemacht, *Gesichtswurst* nennt sie die lachenden Clowns aus Schweinefleisch. Das Schlimmste, denkt Reinhard, was man mit Mortadella anstellen kann.

Das Kind schaut zwischen ihnen hin und her. »Esst ihr nichts?«

Es ist ihnen noch nicht gelungen, die angespannte Stimmung zu vertreiben, Kristine schweigt. Sie sieht schlecht aus, hat Ringe unter den Augen; am Telefon klang es, als würde sie sich auf Reinhard freuen, aber nun scheint sie von der Situation überfordert.

»Deine Mutter und ich, wir essen später«, sagt er.

»Du …« Emma legt das angebissene Brot ab und spielt mit den Gurkenscheiben, die am Tellerrand liegen, stapelt sie zu einem kleinen Turm, reiht sie dann wieder nebeneinander auf und streut – sehr erwachsen – sorgfältig Salz darüber. »Du, Reinhard, du warst aber lange nicht hier.«

Er nickt. »Wie geht es im Museum?«, fragt er Kristine.

Sie scheint ernsthaft zu überlegen. »Gut«, sagt sie dann.

Emma wird nervös. »Habt ihr euch wieder gestritten?«

»Nein.« Kristine steht auf. »Nun iss mal schneller, Emma.« Sie beginnt, die Gewürze in dem schmalen Regal über dem Herd zu sortieren. Dann dreht sie sogar das heiße Wasser auf, macht den Abwaschlappen nass und wischt damit über die klebrigen Gewürzbehälter.

Oregano, denkt Reinhard, Paprika süß. Er wendet den Blick ab, schaut aus dem Fenster auf den trostlosen Wäscheplatz zwischen den Häusern, ach verdammt, denkt er, Pfeffer und Chili. Er beugt sich zu Emma hinüber und sagt ganz leise, als würde er ihr ein Geheimnis verraten: »Doch, wir haben uns gestritten, deine Mutter und ich.«

»Und warum?«

Kristine wirft den Lappen ins Abwaschbecken. »Das geht dich gar nichts an, Madame.«

Emma hält ihr Brot in der Hand und beißt nicht ab. »Hast du«, fragt sie Reinhard, »sie nicht mehr lieb?«

»O doch. Weißt du … wenn deine Mutter eine Gesichtswurst wäre, würde ich sie auffressen.«

Emma kichert. Aber die Sache lässt ihr keine Ruhe, flüsternd fragt sie Reinhard: »Dann hat sie dich also nicht mehr lieb?«

Natürlich hat Kristine sie trotzdem gehört. Sie dreht sich zu ihnen um. »Viel zu sehr«, sagt sie traurig.

»Aber …« Emma schüttelt den Kopf. »Das kann man doch gar nicht!«

»Doch …« Kristines Stimme kippt.

Der lachende Clown liegt auf dem Teller, die Gurkenscheiben sind vergessen, das Kind denkt konzentriert nach. Dann fragt es: »Habt ihr euch wegen mir gestritten?«

»Nein«, antwortet Kristine sofort. Sie öffnet den Ofen und beugt sich über die Klappe, muss aber zurückweichen, weil ihr eine Dampfwolke entgegenschlägt. Hektisch wedelt Kristine den Dampf weg und sticht mit einer Gabel in den Auflauf.

Langsam findet Reinhard Gefallen an diesem Gespräch, und er findet Gefallen daran, Kristine zu widersprechen. »Doch, Emma«, sagt er, »du hast Recht. Eigentlich haben wir uns wegen dir gestritten.«

»Oh.« Das Kind reißt die Augen auf.

Kristine dreht ihnen den Rücken zu, ihre Schultern zucken. Kümmel, Tomatenwürzsalz, Majoran.

»Ich habe mir etwas von deiner Mutter gewünscht«,

sagt Reinhard zu Emma, »aber sie möchte es mir nicht geben. Vielleicht glaubt sie, dass es mir nur um mich geht. Das stimmt nicht. Ich denke eigentlich immer an deine Mutter. Ich habe schon viel für sie getan. Deine Mutter könnte mir auch mal entgegenkommen. Aber sie ist wohl der Meinung, dass sie ohne mich besser dran wäre. Ich glaube, deine Mutter möchte mich nicht mehr sehen. Ich sollte nach Hause gehen, Emma, und wirklich nie mehr wiederkommen. Ja, das sollte ich.«

Er ist laut geworden. Kristines Schultern verraten ihm, dass sie zu weinen begonnen hat, aber Emma bemerkt noch nichts davon. »Das verstehe ich nicht«, sagt sie.

»Nein.« Plötzlich fühlt er sich sehr müde, es war eine harte Woche, es war ein harter Tag. »Natürlich hast du das nicht verstanden. Und es tut mir auch leid.« Er steht auf, ist mit zwei Schritten bei Kristine und möchte sie in den Arm nehmen – doch sie wehrt ihn ab. Sie wimmert. Obwohl sie sich seinem Griff entwinden will, dreht er sie herum, sieht ihr Gesicht, rot, nass. Emma fängt vor Schreck selbst zu weinen an, und Reinhard hält Kristine fest, bis sie aufhört, ihn abschütteln zu wollen und um sich zu schlagen, bis sie endlich die Stirn an seine Brust lehnt.

»Mama«, ruft Emma immer wieder, »Mama, was ist denn?« Aber sie bleibt auf ihrem Kinderstuhl sitzen, als hätte sie jemand festgebunden. Oder als könnte sie spüren, denkt Reinhard, dass hier, zwischen Kristine und ihm, jetzt kein Platz für sie ist.

»Schhhhh«, flüstert er. Er streichelt Kristines Rücken. Auf seinem eigenen spürt er jeden einzelnen ihrer Finger. »Schhhhh.« Dann führt er sie zum Tisch. Kristine blickt Emma nicht an, und Reinhard schaltet noch schnell den Herd aus, bevor er sich ebenfalls setzt. »Emma«, fragt er leise, »möchtest du nicht dein Brot aufessen?«

Folgsam greift sie danach, beißt ab und kaut. Als sie zwischen zwei Bissen noch einmal fragt, was denn eigentlich los sei, scheint sie keine Antwort zu erwarten, und sie klingt plötzlich viel älter, als sie ist.

Reinhard dreht ihr Gesicht zu sich herum. »Erinnerst du dich daran, wie wir gespielt haben, dass du Gemüse verkaufst? Und weißt du noch, wie sich deine Mutter als Schulmädchen verkleidet hat?«

Sie nickt zwischen seinen Fingern.

»Ich wollte«, sagt Reinhard sanft, »noch einmal so etwas machen. Aber deine Mutter ist der Meinung, dass du nicht mitspielen sollst. Sie sagt, es hat dir keinen Spaß gemacht.« Er lässt sie los.

Emma reißt den Mund auf. »Doch, ich will aber mit euch spielen. Es hat mir Spaß gemacht. Wirklich, Mama, bitte.« Ihre Wangen glänzen.

Von der Gesichtswurst auf dem Brot ist nur noch der grotesk wulstige Mund übrig, und Kristine stellt die Ellenbogen auf die Tischplatte, macht den Rücken krumm, lässt den Kopf tief sinken und verschränkt im Nacken die Hände, als wollte sie diesen Griff nie wieder lösen.

Reinhard erinnert sich noch sehr genau an Lars' Geschichte, die schwedische Lichtung und das Holzhaus sind ihm seit dem Abend in der *Linde* nicht mehr aus dem Kopf gegangen. Natürlich muss er einiges ändern, es ist jetzt ja auch nicht mehr Lars' Geschichte, es ist seine.

»Wir haben einen Gast«, sagt die Frau zu dem Mädchen. »Er ist weit durch den Wald gelaufen, er ist zu Tode erschöpft, seine Füße sind wund. Er muss sich dringend ausruhen. Wir werden ihn pflegen, bis er wieder gesund ist.«

Das schwedische Mädchen mit den hellblonden Haaren nickt. Der kranke, schwache Gast liegt im Bett in der Kammer und dämmert vor sich hin. Durch die geschlossenen Lider sieht er Bewegungen, Schatten, und immer, wenn sich das Mädchen nähert, scheint sich das Licht leicht rot zu färben.

Vollständig angezogen liegt der Gast unter der Decke, er trägt ein Hemd und eine leichte Sommerhose, nur die Füße sind nackt. Die dünne Decke wurde bis zum Kinn hochgezogen, aber jedes Mal, wenn die Frau ein Zeichen gibt, deckt das Mädchen den Mann auf. Es beugt sich besorgt tief über ihn, zieht die Decke langsam zurück, vom Hals über den ganzen Körper nach unten. Am Fußende legt das Mädchen die Decke zusammen. Sobald der Mann aufgedeckt ist, füttert ihn die Frau oder gibt ihm etwas zu trinken, einmal knöpft sie das Hemd auf und verreibt Öl auf seiner Brust, einmal wäscht sie seine Füße, während das Mädchen die Schüssel mit dem Wasser hält. Aber immer, wenn die Frau fertig ist mit diesen kleinen Handlungen, gibt sie dem Mädchen erneut ein Zeichen. Dann deckt das Mädchen den Mann wieder zu. Und bald wieder auf und danach wieder zu.

Unter der Decke bildet sich auf den Armen des Mannes eine Gänsehaut. Er hört Wasser plätschern, das Flüstern der Frau, kurz blinzelt er, sieht das Mädchen: Das Hellste an ihm sind die Haare, das Gesicht kann er so schnell kaum erkennen. Das Mädchen steht neben dem Bett, es scheint nachzudenken, als versuche es, sich an etwas zu erinnern.

Und wieder wird, zärtlich, sachlich, die Decke von seinem Körper gezogen.

Reinhard merkt schnell, dass es funktioniert, und das Gefühl ist so gut, dass er nicht erschrickt. Als er es fast nicht mehr aushält, öffnet er die Augen.

Im Licht flattern die Hände des Mädchens hin und her. Das Mädchen hat den Gast vollständig aufgedeckt, nun steht es vor dem Bett und starrt auf die Hose des Mannes, auf die Bewegung dort, die es noch nicht kennt, das Mädchen tut nichts, die Zeit vergeht, und das Mädchen beugt sich ganz unwillkürlich vor, immer noch etwas weiter vor.

Dann ist Kristine aufmerksam geworden, kommt näher, legt Emma von hinten die Hand auf die Schulter. Das Kind zuckt zusammen, und Kristine dreht es mit einem einzigen festen Griff herum und führt es nach draußen, schließt hinter sich die Tür.

Während die beiden fort sind, bemüht sich Reinhard, bei sich und in Schweden zu bleiben; aber gleichzeitig hört er die Geräusche aus dem Flur, wie etwas kracht, etwas hallt im Treppenhaus, Kristine Emma zum Spielen hinunterschickt. Er ist so erregt, dass er Schmerzen hat, drückt die Arme und Beine in die Matratze und wartet. Gleich, denkt er, gleich kümmert sich Kristine um den kranken Gast.

Dass etwas schiefgegangen ist, sie längst wieder da sein müsste, begreift er erst Minuten später. Draußen ist nichts mehr zu hören. Nun verfliegt der Reiz so schnell, wie er gekommen ist, Reinhard tritt die Decke zur Seite, er springt aus dem Bett und stolpert, wäre beinahe weggesackt: Sein linkes Bein ist eingeschlafen. Er streckt es und bewegt die Zehen, um das taube Gefühl loszuwerden, mit einem schmerzhaften Prickeln kommt das Blut zurück.

Ist Kristine zusammen mit Emma hinuntergegangen? Plötzlich macht er sich Sorgen, dass etwas passiert ist; immer noch auf einem Bein hüpfend, sucht er seine Socken. Die Schuhe stehen leider im Flur. Was immer da draußen los ist, er würde der Situation lieber in Schuhen begegnen. Hastig schließt er die Knöpfe seines Hemdes.

Erst denkt er, dass sie beide nicht da sind, weil nur im Flur eine Lampe brennt, sonst nirgends. Trotzdem schaut er ins Wohnzimmer, in die Küche, ins Bad, in Emmas Zimmer, das kann doch nicht sein, er schaut noch einmal ins Wohnzimmer und schaltet diesmal das Licht an. Kristine sitzt im Sessel. Mit geschlossenen Augen, sie hat den Kopf in den Nacken gelegt, die Beine angezogen, was verkrampft aussieht. Emma ist nicht hier.

»Kristine?«

Sie antwortet nicht, aber Reinhard sieht, dass sich ihre Augen unter den Lidern bewegen. Ratlos schaut er an sich hinunter, seine Socken auf dem Teppich. Er läuft zurück in den Flur, zieht die schwarzen Budapester an und denkt nach, während er sorgfältig die Schnürsenkel bindet. Dann geht er wieder ins Wohnzimmer.

»Kristine? Was ist denn?« Er stellt sich dicht vor sie hin und hebt die Stimme. »Redest du nicht mehr mit mir?«

Sie zuckt zusammen, reagiert aber immer noch nicht. Reinhard kämpft gegen seine aufsteigende Wut an. Er hat sich Sorgen gemacht, als sie nicht zurückkam, und sie … Warum sagt sie nicht, wenn ihr etwas nicht passt, sie ist schließlich erwachsen!

Trotzdem kniet er sich neben dem Sessel auf den Teppich. »Kristine … guten Morgen … soll ich dich wachküssen?« Er streckt die Hand aus, legt sie an Kristines Wange … aber ihre Reaktion ist heftiger, als er es sich hätte vorstellen können: Kristine wirft sich auf die andere Seite des Sessels, möglichst weit weg von Reinhard, sie rollt sich zusammen, vergräbt den Kopf in den Armen. Dabei gibt sie immer noch kein Geräusch von sich.

Reinhard steht auf. Er schüttelt den Kopf und tritt schnell zwei Schritte zurück. Vom Tisch nimmt er sein Brillenetui und den Autoschlüssel, dann schaut er sich um, ob er sonst etwas vergessen hat. Im Flur zieht er den Mantel an, im Schlafzimmer liegt noch seine Uhr, ausnahmsweise hat er sie abgenommen, der Verschluss klemmt und er achtet darauf, ihn richtig einrasten zu lassen.

Das Licht im Flur und im Wohnzimmer bleibt an. Unten, an der Haustür, sieht Reinhard nach links und rechts, bevor er zum Auto geht.

- 24 -

Meisner hat den Nachmittag in der Stadt verbracht, unter der Weihnachtsdekoration in der Fußgängerzone, die auch tagsüber leuchtet. Die meisten Schaufenster wurden schon vor Wochen umgestaltet, sogar im Zooladen stehen die Aquarien und Terrarien zwischen Wolken aus Watte. Die Verkäuferin im Blumengeschäft, Barbara, hatte viel zu tun und rollte einen Weihnachtsstern nach dem anderen in Papier.

Er läuft am Supermarkt vorbei und den Hügel hinauf, es ist windig, der Spielplatz scheint dunkel und verlassen. Aber dann bemerkt Meisner Emma, die in der aus Seilen geknüpften Pyramide hockt, ganz oben im Netz, an der Spitze.

Er geht noch zwei Schritte, bis er unter der Laterne steht, und nimmt Vaters Hut ab, damit ihn Emma erkennt. Sie schaut ihn durchdringend an und schüttelt den Kopf, mit einer Handbewegung schickt sie ihn weiter, weg, weg.

Meisner setzt den Hut wieder auf und tut so, als wäre er nur aus Zufall den kleinen Schlenker gelaufen. Während er sich dem Haus nähert, beginnt es zu schneien; doch die Flocken tauen, bevor sie den Boden erreichen.

Spät am Abend hört er, dass sich Emma und ihre Mutter streiten. Ab und zu versteht er ein einzelnes Wort oder einen Satz. Man hört fast ausschließlich Frau Angerer, Emma widerspricht ihr nicht oder nur sehr leise. Es klingt, als könnte sie ihrer Mutter gerade nichts recht machen. Frau Angerer schreit: »Du stehst doch auf Gemüse, Madame. Das wissen wir. Also iss auch!« Etwas später: »Jetzt soll ich dich wieder trösten!« Eine Tür wird zugeschlagen. »Bleib hier, wenn ich mit dir rede!«

Meisner legt die Pfeife ungeraucht zurück auf den Sofatisch. Er denkt nach. Dann geht er ins Schlafzimmer, schiebt einen Stuhl vor den Kleiderschrank und holt den verschnürten Karton herunter.

Der Vater hat die Weihnachtspyramide selbst gebaut. Er konnte drechseln und schnitzen und hatte sich im Keller eine Werkstatt eingerichtet. Meisner steckt alle Figuren an die markierten Stellen, bürstet sie mit einem feinen Staubpinsel ab, schiebt die Pyramidenflügel in die Nabe und richtet sie aus. Er fragt sich, ob die Lagerschale zu abgenutzt ist – dann wird sich die Pyramide nicht gleichmäßig drehen. Unter ihre Füßchen hat der Vater winzige Filze geklebt, damit sie nicht die Kommode zerkratzen. Passende Kerzen liegen ebenfalls im Karton, ganz unten.

Meisner sammelt Seidenpapier vom Boden auf. Obwohl sich in dem Karton nun nichts Wertvolles mehr befindet, nur ein paar Ersatzteile und weitere Kerzen, knotet er den Strick wieder fest darum, er steigt auf den

Stuhl und schiebt den Karton zurück auf den Kleiderschrank, ganz nach hinten an die Wand.

Dann erst geht er in die Küche und nimmt die tägliche Schlaftablette.

- 25 -

Hallo? Wer ist denn dran?« Reinhard hört jemanden atmen. »Kristine, bist du das?« Jetzt ruft sie doch noch an.

Erst nach einer Weile antwortet sie leise: »Ja, ich. Hast du Zeit?«

Natürlich hat er Zeit, was soll er vorhaben, kurz vor Mitternacht, nach *diesem* Tag. Er muss heute nur noch die offenen Seiten schließen und den Computer herunterfahren, sonst nichts. »Jetzt soll ich plötzlich Zeit haben?«

»Es tut mir leid. Ich konnte einfach nicht ...«

»Was konntest du nicht?« Reinhard sieht aus dem Fenster, drückt auf den Schalter an der Wand, lässt, obwohl er das sonst nie tut, die Außenjalousie herunterfahren.

»Wegen Emma ... Verstehst du das? Ich wollte ...«

»Ich verstehe nur, dass ich dir offenbar völlig egal bin. Und warum bringst du deine Sätze nicht zu Ende? Ich muss nicht mit dir telefonieren, Kristine, das muss ich wirklich nicht.« Er setzt sich auf die Couch und öffnet, um es bequem zu haben, den Knopf seiner Hose.

»Was?« Kristine atmet schneller. »Aber du bist mir doch nicht egal, im Gegenteil, ich ...«

Würde sie vor ihm sitzen, könnte er ihr mit einer Handbewegung das Wort abschneiden. »Sag es nicht, sag es jetzt bloß nicht.«

»Aber es ist doch so!«

Er muss lachen. *Sie liebt mich, sie liebt mich nicht, sie liebt mich.*

»Reinhard, bist du noch wütend? Es tut mir wirklich leid …«

»Warum soll ich wütend sein? Bist du wütend? Ist irgendetwas passiert, worüber man sich aufregen müsste? Nein? Eben! Kristine, es ist *nichts* passiert …«

Jetzt schweigt sie, und er kann ihre Verwirrung durch die Leitung spüren. Müde steht er auf. Die Flasche Whisky ist schon wieder fast leer, er gießt sich nach und hält das Glas ins Licht der Stehlampe, als wollte er den Farbton prüfen. Beim Trinken stellt er sich manchmal vor, eine Kamera wäre auf ihn gerichtet und er müsste eine gute Figur machen, für die beste Whiskyreklame der Welt.

Er seufzt. »Na schön, Kristine. Arbeiten wir es durch. Deine Tochter hat überhaupt nicht begriffen, was sie gesehen hat!«

»Wahrscheinlich hast du Recht. Darum geht es auch eigentlich nicht …«

Schon wieder Stille im Telefon, der Whiskygeschmack am Gaumen scharf, mit Lakritze. »Verdammt, worum geht es dann? Könntest du bitte den Mund aufmachen und deine Sätze zu Ende bringen?«

»Es geht um …« Jetzt weint sie. »Obwohl Emma gar

nichts gemacht hat, warst du sofort erregt. Bei mir bist du …«

Reinhard springt auf. Dabei stößt er sich das Knie am Couchtisch, die Stahleinfassung hat scharfe Kanten, der Schmerz fährt ihm bis in die Zehen, er flucht, stellt schnell das Glas ab und drückt die Hand auf die Stelle. Halb gebückt steht er da, hoffentlich ist die Whisky-Reklame schon abgedreht. Erst, als er sich wieder aufrichtet, fragt er: »Kristine, bist du eifersüchtig? Auf *Emma*? Sie ist sechs Jahre alt. Entschuldige, sieben. *Du* bist eine Frau. Du erinnerst dich?«

Er trinkt einen Schluck. Seine Müdigkeit ist wie weggewischt, plötzlich fühlt er sich belebt. Wenn das Telefonat vorbei ist, könnte er noch mal rausgehen und irgendwo etwas trinken, morgen ist Samstag, er muss nicht in die Kanzlei. Er lässt die Jalousie wieder ein Stück nach oben fahren, gerade so weit, dass er die Straße erkennen kann.

»Ich weiß, es ist dumm«, sagt Kristine. »Was machst du? Störe ich dich?«

»Nein, nein, ich gehe sowieso gleich ins Bett.«

Sie versucht, sich zu beruhigen, zieht die Nase hoch. »Bleib mal dran.« Sie legt den Hörer hin.

Reinhard geht ins Schlafzimmer, klemmt das Telefon zwischen Schulter und Wange und öffnet den Kleiderschrank. Vor ein paar Tagen hat er sich eine Jeans gekauft, die erste seit Jahren; eine Zeitlang hat er geglaubt, er wäre zu alt für Jeans. Andererseits sieht er ständig Teenager in Anzughosen.

Er zieht sich um. Die Jeans sitzt ungewohnt tief, Nieten lenken den Blick auf die rechte Hüfte, die Verkäuferin hat ihm trotzdem sofort zugeraten. Reinhard erinnert sich an ihre Hände, die Finger mit den langen Gelnägeln, die Verkäuferin hat die Jeans zusammengelegt und in eine Tüte geschoben. Er wirft ein helles Hemd aufs Bett, dazu die Lederjacke, er hat keine Lust auf den Mantel und muss ja nicht zu Fuß gehen, er wird schon nicht frieren.

Kristine kommt zurück ans Telefon und putzt sich die Nase, bevor sie fragt: »Bist du noch da?«

Er brummt bestätigend, hört, dass sie sich eine Zigarette anzündet. Sie zögert. »Ich fühle mich, als wäre ich mit dem Fahrrad in eine Straßenbahnschiene gekommen.«

»Du fährst nicht mal Fahrrad, Kristine.«

»Eben.«

Als Reinhard das Hemd wechselt, verheddert er sich und ihm entgehen ein, zwei Sätze. Plötzlich redet Kristine über Emma.

»Manchmal will ich sie schütteln, ich sage dir das jetzt einfach. Sie so schütteln, dass es weh tut. Ich will aus dem Haus gehen, und wenn ich zurückkomme, soll sie weg sein. All ihr … Zeug soll auch weg sein. Ihr Zimmer, ihre Haarbürsten, Zopfgummis, Plastikpferde … oder die Kinderzahncreme. Die ganzen schmutzigen Söckchen und T-Shirts. Pu der Bär ist weg, und die Micky-Maus-Stimmen. Nur meine Sachen sind noch da.«

»Kristine …«

»Wir haben uns vorhin gestritten, Emma und ich.«

»Kristine …«

»Ich bin verunsichert … Manchmal glaube ich, dass ich *alles* nur spiele, auch dass ich ein Kind habe. Ich sehe mich von außen und … ich spiele mein Leben ziemlich mittelmäßig.« Sie muss husten. »Ich wäre gern mehr mit dir zusammen, Reinhard. Ich hoffe, du weißt das.«

Er zieht sich gerade die Schuhe an, und dabei fällt ihm dann doch das Telefon herunter, schnell hebt er es wieder auf.

»Was war denn?«

»Es ist … gefallen. Ich meine … Das würde mir gefallen. Dich öfter zu sehen.«

Er will jetzt losgehen. Er weiß eine kleine Bar, nicht weit entfernt, mit dem Auto sind es nur drei Minuten. Aber das Gespräch kann noch endlos so weiterlaufen.

»Ja«, sagt sie. »Wir könnten nachts im selben Bett liegen. Wach werden, weil der andere sich umdreht, aufsteht oder …«

»Schnarcht«, sagt Reinhard.

»Ja.« Kristine klingt begeistert. »Weil er schnarcht.«

Du fährst doch nicht mal Fahrrad, denkt er und sagt laut: »Dein Bett ist doch nicht mal breit genug.«

»Ich habe schon eins ausgesucht. Es ist dunkel, aus einem lackierten Rohrgeflecht. Abgerundete Ecken und ein Kopfteil, ganz schlicht. Einssechzig breit. Kannst du dir das vorstellen?«

Er kann sich das Bett genau vorstellen. Und in diesem Moment fällt ihm die einzige Möglichkeit ein, ihren Monolog zu unterbrechen. Kristine braucht das Reden jetzt nämlich, um zur Ruhe zu kommen. Aber der Vorschlag, den er ihr machen wird, wird sie viel besser trösten. Er hat schon vorher darüber nachgedacht, sich aber nicht entscheiden können, er holt Luft. »Kristine, ich will dich etwas fragen. Möchtest du, also, möchtet ihr … mit mir Weihnachten feiern?«

Auch als sie noch gar nichts sagt, kann er ihre Freude bereits spüren, und das lässt ihn lächeln. Weich fragt er: »Ja? Dann würde ich jetzt ins Bett gehen, ich bin müde, und du …«

Sie atmet glücklich neben seinem Ohr.

»… du«, fährt er fort, »stopfst schon mal die Gans.«

»Ich mache heute gar nichts mehr.«

»Das war ein Witz, Kristine. Die Gans brate ich, das ist Männersache. Nach unserem Familienrezept, Tartarfüllung, mit den Innereien und Rosinen. Sehr lange bei ganz niedriger Temperatur garen. Schlaf gut, Kristine.«

Manchmal denkt er, dass er an der Art, wie sie den Hörer auflegt, erkennen kann, wie es ihr geht. Sie sollte sich kein schnurloses Telefon zulegen, dann fiele diese Ebene ihrer Beziehung weg.

Anderthalb Stunden später hat ihm der Barkeeper im *B.* seine halbe Lebensgeschichte erzählt, dafür hätte Reinhard drei Whisky auf Kosten des Hauses verdient, mindestens. Er langweilt sich und sitzt nur deshalb noch an der Bar, weil hinter der Theke ein großer Spiegel hängt. Über dem Spiegel steht in weißen Buchstaben an der Wand: *Wer A. sagt, muss auch ins B. gehen.* Im Spiegel beobachtet Reinhard die Frau am mittleren Tisch.

Sie sind die letzten Gäste. Der Mann, mit dem sich die Frau getroffen hat, ist vor einer Weile gegangen, die Frau blieb sitzen, ein Kuss auf die Wange, ein Arm auf der Stuhllehne, um den Abstand zu wahren. Reinhard schwankte zwischen *Exmann* und *erstes Treffen.* Er hat sich selbst gewundert, wie nah das offenbar beieinanderliegt.

Die Frau raucht aus einer Zigarettenspitze. Sie trägt eine enge schwarze Hose und schmal zulaufende Stiefel, der Ausschnitt ihres schwarzen Pullovers weist zwischen die Brüste. Dunkle Haare, dunkler als Kristines. Reinhard schätzt die Frau auf Mitte vierzig. Vor ihr, auf dem klebrigen Tisch, steht ein Laptop; nachmittags im Café sieht man das oft, aber nachts um zwei in einer Bar?

Jedes Mal, wenn die Frau eine neue Zigarette in ihre Zigarettenspitze schiebt, tritt sie an die Theke und lässt sich vom Barkeeper Feuer geben. Dabei berührt sie Reinhard nicht, aber sie lehnt sich so weit herüber, dass er ihr Parfüm riechen kann.

»Ja«, sagt der Barkeeper zu Reinhard, »und nachdem der mich rausgeschmissen hat, da habe ich nicht mal mein Geld bekommen, für den ganzen Monat nicht, und dabei war die Sache gelogen von vorn bis zum Arsch.«

Die dunkelhaarige Frau raucht und tippt dabei mit einer Hand auf der Laptoptastatur. Als sie hochschaut, sucht Reinhard ihren Blick, diesmal ohne Spiegel. Abrupt drückt sie die Zigarette aus, sie steht auf, will wohl zur Toilette. Vor dem Gang hängt ein roter Vorhang; bevor die Frau ihn zur Seite schiebt, bleibt sie stehen und sieht über die Schulter zurück.

Reinhard ist sich nicht sicher, ob der Blick ihm gegolten hat und ob er ihn richtig deutet. Trotzdem lässt er sich sofort von seinem Hocker rutschen, kippt den Rest Whisky auf ex und legt dem Barkeeper Geld hin. »Alles wegen dieser Mieze, der Mieze vom Chef dort, die mich nicht leiden konnte«, sagt der gerade, »die hatte den nämlich an den Eiern, den Chef, der hat alles gemacht, was die Mieze wollte.«

Reinhard nickt und lässt die Theke los. Es muss aussehen, denkt er, als hätte er sich von ihr abgestoßen. Er erinnert sich noch daran, dass die Toiletten am Ende des schummrigen Gangs liegen. Hinter dem Vorhang sieht er die Tür mit dem zweifachen X einen Spalt offen stehen, vielleicht wäscht sich die Dunkelhaarige die Hände, jedenfalls läuft dort Wasser. Vorsichtig gibt er der Tür einen Stoß.

Als er zu chatten begann, lernte er eine Frau kennen, die nur durch einen feinen Wasserstrahl kommen konnte. Sie musste sich in die Badewanne setzen, die Beine weit gespreizt. War der Wasserdruck zu gering oder der Hahn zu weit aufgedreht, funktionierte es nicht.

Die Dunkelhaarige steht nicht vor dem Waschbecken, in das das Wasser läuft. Sie lehnt an der Wand, Reinhard schließt schnell die Tür hinter sich. Die Mundwinkel der Frau zucken, sie sieht aus, als hätte sie Schwierigkeiten, sich zu konzentrieren. Fragend hebt Reinhard die linke Augenbraue, setzt die Pantomime fort, indem er sich mit der Zunge über die Lippen fährt und danach die rechte Hand, zur Pistole geformt, vor den Schlitz seiner neuen Jeans hält. Er schießt, er hebt die Pistole, er bläst den Pulverdampf fort.

»Nein«, sagt die Frau. Ihre Stimme klingt heiser. »Nein, ich will eine einzige Sache von dir.«

»Was für eine Sache?« Er würde es vorziehen, gesiezt zu werden.

»Ich möchte dir einen blasen. Ist das okay?«

»Wie bitte?« Das gleichmäßig ins Waschbecken laufende Wasser irritiert ihn.

»Ich habe das aber noch nie getan«, fährt die Dunkelhaarige fort, »das solltest du wissen.« Sie räuspert sich. »Du hast keine Krankheiten?«

Ohne sie aus den Augen zu lassen, öffnet Reinhard die Knöpfe seiner Jeans und schiebt den Slip ein Stück hinunter. Er lehnt sich gegen die Tür, beobachtet, wie die Frau auf ihn zugeht, wie sie sich auf die gesprungenen Bodenfliesen kniet. Sie runzelt die Stirn, steht noch einmal auf, zieht Papierhandtücher aus dem Spender und legt einen kleinen Stapel unter jedes Knie. Dann holt sie Luft – und Reinhard kommt ihr entgegen. Sie fasst seinen Schwanz nicht an, sie nimmt ihn gleich mit dem Mund auf. Sie öffnet und schließt die Lippen, drückt, saugt, fährt mit der Zunge um die Eichel. Es fällt ihm schwer zu glauben, dass sie das noch nie gemacht hat. Anfangs gibt er einen Rhythmus vor, kann aber bald nur noch reagieren; während er bereits laut stöhnt, schließt er die Augen, die Frau starrt da noch immer auf seinen Unterleib.

Er kommt sehr schnell und reißt die Augen wieder auf. Die Frau schluckt konzentriert. Sie zieht den Kopf zurück, schluckt ein zweites Mal. Reinhard atmet unregelmäßig, seine Hände zittern und er schafft es kaum, die Jeans zuzuknöpfen. Die Frau steht auf, tritt ans Waschbecken; er denkt, dass sie sich den Mund ausspülen will, aber sie dreht nur das Wasser ab.

Erst nachdem er sich atemlos bedankt hat, lächelt sie plötzlich. »*Ich* habe zu danken. Ich wollte wissen, ob ich das kann. Würden Sie jetzt bitte gehen?«

Nun also, danach, siezt sie ihn. Er nickt. Sie werden nicht zusammen in die Bar zurückkehren. Er wird sich nicht zu ihr an den Tisch setzen, fragen, wie sie heißt und was sie so dringend in ihren Laptop tippen muss. Aber eins will er wenigstens wissen: »Der Mann vorhin, war das Ihr Exmann oder jemand, den Sie zum ersten Mal getroffen haben?«

Sie bückt sich, sammelt die Papierhandtücher vom Boden auf, wirft sie in den Abfallbehälter aus Draht. Dann dreht sie das Wasser wieder an und wäscht sich mit viel grüner Flüssigseife die Hände. Während sie im Spiegel ihr Gesicht kontrolliert, den kaum verwischten Lippenstift, um die Augen die harte Linie des Eyeliners, während sie mit zwei Fingern etwas Wasser auf die rechte Schläfe tupft, antwortet sie endlich: »Mein Noch-nicht-ganz-Exmann. Und ich bin Ihnen wirklich dankbar … aber gehen Sie jetzt.«

Er ist schon fast zu Hause, als er den Polizeiwagen am Straßenrand bemerkt. Einzelne Autos werden herausgewunken, eine Kontrolle, um diese Uhrzeit. Reinhard flucht. Abbiegen kann er nicht mehr, höchstens umkehren, in der nächsten Einfahrt wenden, aber das wäre zu auffällig. Warum hat er auch die Hauptstraße genommen – weil der Weg eine Minute kürzer ist? Warum ist er überhaupt gefahren? Er hätte zu Fuß gehen können.

Das Auto vor ihm muss nicht anhalten. Aber dann tritt die Polizistin auf die Straße und hebt die Kelle. Reinhard bremst, tastet im Seitenfach nach dem Fahrzeugschein. »Scheiße«, sagt er halblaut.

- 26 -

Meisner muss die Augen öffnen. Etwas klingelt, das kann doch nicht der Wecker sein. Auch mit geöffneten Augen sieht er nichts, es ist mitten in der Nacht, das Rollo verdunkelt das Zimmer. Er ist jetzt wach, kann das Geräusch aber nicht mehr hören.

Vorsichtig dreht er sich auf die andere Seite. Er spürt die Wirkung der Schlaftablette. Einen Moment später klingelt es erneut, dreimal kurz nacheinander. Meisner erkennt die Klingel, und er erkennt Emmas Zeichen. Er möchte Emma nicht hereinlassen, um diese Uhrzeit. Aber sie klingelt ein drittes Mal, und er weiß, gleich werden die Nachbarn aufwachen. Er schaltet die Lampe an, springt aus dem Bett, schwankt, greift nach seiner Hose und versucht, sie über den Schlafanzug zu ziehen. Das Schlafanzughosenbein schiebt sich zu einer dicken Wulst zusammen. Damit Emma kein viertes Mal klingelt, lässt Meisner die Hose fallen und geht schnell zur Wohnungstür. Durch den Spion sieht er, dass im Treppenhaus kein Licht brennt.

Er zögert nur kurz – als er Emma wimmern hört, öffnet er. Sie steht direkt vor der Tür, deshalb war sie nicht zu sehen. Sie blinzelt gegen das Licht, trägt ein Nachthemd und weint offenbar schon eine ganze Weile. Meisner weicht zurück, und sie kommt in die Wohnung, nimmt ihm die Tür aus der Hand und klinkt sie zu. Danach hört sie sofort auf zu weinen. Sie legt die Kette wieder vor, dreht den Knauf des Sicherheitsschlosses, wie Meisner es ihr vor vielen Wochen gezeigt hat.

Außer dem Nachthemd trägt Emma Winterstiefel und eine Mütze, auf dem Rücken ihren Schulrucksack. Sie wartet kurz, ob Meisner etwas sagt, dann zieht sie die Stiefel aus und geht barfuß ins Wohnzimmer. Aus dem Rucksack holt sie eine dünne Wolldecke, ein Portemonnaie, Socken, eine Flasche Cola, Jeans und einen Pullover, eine Taschenlampe, und sie schiebt alles unter ihren Tisch.

Wäre Meisner nicht so müde, würde er jetzt fragen, was passiert ist. Ist Frau Angerer drüben in der Wohnung? Emma kriecht unter den Tisch und deckt sich mit der Wolldecke zu.

»So kannst du doch nicht schlafen«, sagt Meisner schließlich, »das ist zu kalt und zu hart …«

Sie setzt sich auf, scheint über seine Worte nachzudenken, dann sieht sie ihn fordernd an. Und er geht los, holt ein warmes Federbett aus der Truhe neben dem Kleiderschrank, bezieht es und bringt es Emma. Er breitet eine Steppdecke auf dem Boden unter dem Tisch aus, faltet sie, aber solange er im Raum ist, legt sich das Kind nicht wieder hin, es steht da und starrt ihn an.

Als Meisner schwankend zurück ins Bett geht, muss er plötzlich an die Weihnachtspyramide denken. Der

Vater hat die kleinen Figuren in wochenlanger Arbeit geschnitzt, die Schafe, Ziegen, den Esel, der Hirte hat einen Buckel, Josefs Arm sieht gebrochen aus, ein paar Engel halten ihre Instrumente fest, Leiern und Flöten. Um die Figuren herum stehen Bäume.

Die Flügel drehten sich damals nicht nur an der Pyramide, sie drehten sich, weil sonst kein Licht im Raum brannte, auch an der Zimmerdecke. Meisner denkt an die sich überlagernden Schatten.

- 27 -

Am Morgen erlebt Reinhard nur eine einzige gnädige Sekunde, dann fällt ihm alles wieder ein. Er hört, wie das Telefon weiterklingelt, nachdem es ihn geweckt hat. Schnell geht er ins andere Zimmer, nackt, wie er ist – und sofort legen die Kopfschmerzen los, er stöhnt, aber er braucht sich schließlich nicht zu wundern, tut das auch nicht. Er sieht aufs Display und nimmt ab, weil er sowieso mit Kristine sprechen muss. Er möchte sich entschuldigen, wird ihr jedoch nicht genau sagen können, wofür.

»Gut, dass du anrufst, du glaubst nicht, was mir gestern noch passiert ist.« Er spürt, dass sie ihn unterbrechen will, aber er muss jetzt den Schwung ausnutzen und ihr von der Polizeikontrolle erzählen. Besser das eine zugeben als das andere. »Natürlich war ich nicht nüchtern, auch nicht betrunken, aber eben nicht nüchtern, eigentlich kenne ich einen Trick beim Pusten, davon habe ich dir erzählt, oder?« Es ist jetzt sehr still in der Leitung. »Bist du noch da?« Er will demonstrieren, wie man pusten muss, verschluckt sich dabei und hustet. »Jedenfalls war die Frau, an die ich geraten bin, knallhart. Plötzlich hat die mich angebrüllt: Jetzt blasen Sie mal richtig rein. Und vor lauter Überraschung habe ich das wirklich getan. Warum sagst du denn gar nichts? Mein Führerschein ist weg!«

Endlich doch ihre Stimme: »Emma ist weg.«

»Wie – weg? Hörst du mir überhaupt zu? Wie einer dieser Idioten stehe ich da, die zu mir ins Büro kommen und sagen: Ich brauche das Auto aber, sonst verliere ich meinen Job … Und ich antworte den Leuten immer, dass Juristen von Natur aus konservativ sind und das Verkehrsrecht eindeutig …«

»Ich bin aufgewacht, und sie lag nicht in ihrem Bett.«

Er geht in die Küche, schaut in den Kühlschrank, aber natürlich gibt es keinen Orangensaft mehr. »Vielleicht ist sie bei diesem Jungen, mit dem sie immer spielt? Dem mit den Meerschweinchen?« Dann wird er eben nur Espresso trinken, wie jeden Morgen.

Kristines Stimme zittert. »Da war ich schon, die sind nicht zu Hause. Ich war auch auf dem Spielplatz … Aber sie ist nicht einfach nur nach draußen gegangen. Sie hat Sachen mitgenommen, ihren Rucksack … sie hat das Restgeld vom Einkaufen genommen, das im Flur lag. Aber nicht ihren Anorak, ich verstehe nicht …«

Nun ist Reinhard wach. »Wie lange ist das her? Seit wann ist sie weg?«

»Das weiß ich nicht, ich habe geschlafen!«

Wenn er sie jetzt bittet, ruhig zu bleiben, legt sie wahrscheinlich auf. Er fragt stattdessen, ob sich Emma in der Wohnung versteckt haben kann, ob sie Kristine vielleicht einen Schreck einjagen will.

»Warum sollte sie das tun?«

»Hast du mir nicht erzählt, dass ihr euch gestritten habt?«

Die Geräusche der Espressomaschine kommen ihm noch lauter vor als sonst, und vom Geruch des frisch gemahlenen Kaffees wird ihm schlecht, er weiß, dass er jetzt sehr schnell etwas essen muss. Er nimmt ein Stück vorgeschnittenes Brot aus der Packung und kaut darauf herum.

»Das ist doch lächerlich.« Kristine schreit fast. »Nimmst du mich nicht ernst?«

»Hast du bei ihren Freundinnen nachgefragt?«

»Wie soll sie da hingekommen sein? Die wohnen zu weit weg. Nein, ich rufe jetzt die Polizei an.«

Mühsam schluckt Reinhard das Brot hinunter, sein Herz rast, obwohl er den Espresso noch gar nicht getrunken hat. Als er damals aus dem Internat verschwunden ist, hat ihn niemand suchen lassen; seinen Eltern war klar, dass er wieder auftauchen würde. Aber er war ja auch viel älter als Emma.

Was wird sie der Polizei erzählen? Wonach wird sie gefragt werden? »Kristine, sie kommt bestimmt bald zurück!«

»Aber wenn ihr etwas passiert ...«

»Es ist ja nicht so, dass sie mit Gewalt aus der Wohnung entführt worden ist.« Er atmet durch, konzentriert sich, bevor er weiterspricht, und bringt Kristine mit seiner gewohnten Überzeugungskraft dazu, noch eine Stunde abzuwarten. Wie lange, fragt er sich, kann eine Siebenjährige so etwas durchhalten? Emma wird

Heimweh bekommen, sobald sie friert, sobald sie Hunger hat, sobald sie ihre Mütze verliert oder der Bus in die falsche Richtung fährt. Er kramt in der Schublade des Küchentischs, bis ihm klar wird, dass er nach Zigaretten sucht, das ist ihm schon seit Monaten nicht mehr passiert. Als er die Hand in die Hosentasche stecken will, merkt er, dass er nach wie vor nackt ist. Vor einer Viertelstunde hat er noch geschlafen.

»Ruf doch bitte ihre Freundinnen an, Kristine, machst du das?«

Obwohl sie nicht glaubt, dass es etwas bringt, verspricht sie, sich bei Lina und Ulrike zu erkundigen. Dann fragt sie: »Kommst du her?«

»Wenn sie in einer Stunde nicht wieder da ist.«

Sie legt auf. Reinhard starrt das Telefon an, widersteht dem Impuls, es auf den Boden zu werfen. Wenn Emma in einer Stunde nicht wieder da ist, wird er jeden verdammten Spielplatz in der Stadt nach ihr absuchen, und er wird sie finden. Über die Alternativen denkt er jetzt nicht nach.

Minuten später weiß er schon nicht mehr, was er mit der gewonnenen Stunde anfangen soll. Er putzt sich die Zähne. Dann setzt er sich, weil ihm nichts anderes einfällt, vor den Computer. Er umgeht das Datingportal, klickt sich stattdessen auf eine Seite mit privat aufgenommenen Videos, lässt sich von den Titeln leiten und schaltet in mehrere Filme hinein. Diese Menschen tun eigentlich das Gleiche wie Kristine und er. Der Unterschied besteht darin, dass sie dabei gefilmt werden oder sich selbst aufnehmen. Manche Filme findet Reinhard peinlich, bei anderen elektrisiert ihn die Idee oder ein Detail oder der Körper der Frau, und er bleibt hängen bis zum Höhepunkt.

Endlich steht er auf und geht sich anziehen. Wie immer betrachtet er sich dabei im Spiegel. Emma ist in der ersten Klasse – plötzlich kommt sich Reinhard alt vor, viel älter als ein paar Stunden zuvor, als er ebenfalls vor dem Spiegel stand und die Jeans mit den Nieten aus dem Schrank nahm. Sein Körper hat an Präsenz verloren. Er hat wieder zugenommen, und er bekommt eine Art Orangenhaut, sein Bauch wirkt weniger straff. Am Wirbel gehen ihm endgültig die Haare aus.

Er darf jetzt nicht alt werden, er hat noch so viel vor. Irritiert steigt er in die Hose und greift nach irgendeinem Hemd.

- 28 -

Meisner hat keinen Schlaf mehr gefunden, auch nicht, als es schon hell wurde. Am Morgen gibt er Emma ein Handtuch, sie geht ins Bad, schließt die Tür hinter sich. Er fragt durch die geschlossene Tür, ob sie alles findet, was sie braucht, aber sie antwortet nicht.

Weil er selbst noch nicht im Bad war, kippt jetzt seine Struktur. Er kocht drei Eier, eins davon für Emma, obwohl er nicht weiß, ob sie überhaupt Eier isst; dazu schmiert er ihr die üblichen Knäckebrote mit Marmelade. Er nimmt, was er sonst nie tut, den Käse aus der Verpackung, schält eine Orange und teilt sie in zwei Hälften, er legt Toastscheiben in den Brotkorb. Auch den Brotkorb benutzt er sonst nicht. Er fühlt sich unglaublich müde.

Als Emma aus dem Bad kommt, füttert sie zuerst das Meerschweinchen. Sie hat die Hose und den Pullover angezogen, die sie in der Nacht aus ihrem Rucksack genommen hat, und sie trägt nur Socken, ihre Stiefel stehen nach wie vor im Flur. Meisner kann sich nicht daran erinnern, dass sie vorher in seiner Wohnung je die Schuhe ausgezogen hat. Er musste immer hinter ihr saubermachen.

»Was ist das denn?« Sie starrt auf seine zwei Eier,

zerstoßen im Glas, mit Tabasco und Petersilie. »Das sieht eklig aus.«

Trotzdem isst sie selbst das dritte Ei, aus dem Eierbecher. Meisner denkt, dass er dringend mit ihr sprechen muss, aber sie frühstücken schweigend. Erst als er seinen leeren Teller wegschiebt, sagt sie: »Du hast ja nicht viel gegessen.«

»Wieso?«

»Weil du so dick bist. Ich dachte, du isst ein ganzes Brot.«

»Ich bin doch kein Scheunendrescher.«

Sie lacht. »Ein was?«

Ihr Lachen macht ihn nervös, und ihn beschäftigt, dass Emma wie immer nichts trinkt. Er selbst fühlt sich auch nach zwei Tassen Kaffee nicht besser, er schwitzt, muss jetzt duschen, oder vielleicht muss er erst abwaschen, weil er das normalerweise nach dem Frühstück tut. Sein System ist vollkommen zerbrochen, er weiß nicht, was er zuerst in die Hand nehmen soll. Schließlich spült er das Geschirr, trocknet es auch ab, während sich Emma mit dem Meerschweinchen beschäftigt. Eigentlich hätte sie abtrocknen können.

Meisner erkennt, wie viel langsamer er ist als sonst, auf der Küchenuhr ist es fast zwölf. Aber er kommt nicht dazu, ins Bad zu gehen und zu duschen. Als er schon auf der Schwelle steht, schreit Emma im Wohnzimmer laut auf, sie hat die Pyramide entdeckt und zeigt mit dem Finger darauf. »Was kann man damit machen?«

Er sagt es ihr. Sie holt die Fußbank, stößt einen der Flügel an, bis sich die Pyramide zu drehen beginnt. Die Fußbank wackelt. Meisner erklärt, dass man die Kerzen anzünden muss, damit die warme Luft nach oben steigt und das Flügelrad antreibt. Die Pyramide hat sich immer sehr langsam, fast schwerfällig bewegt.

Entschieden schüttelt Emma den Kopf. »Das ist ein Karussell!« Sie fasst einen der kleinen Bäume an und merkt, dass er nur lose in der runden Holzplattform steckt. Sofort testet sie, ob man alles herunternehmen kann, auch die Figuren – und fängt an, die Pyramide auszuräumen. Als sie fertig ist, springt sie unerwartet und so hektisch von der Fußbank, dass die endgültig umkippt. Emma läuft in die Küche, kommt mit dem Meerschweinchen zurück. »Da«, sagt sie. Sie hält Meisner das Tier hin. »Nun mach schon!« Er schüttelt den Kopf und sie blickt ihn voller Verachtung an. Sie angelt mit den Zehen, richtet die Fußbank wieder auf, das Meerschweinchen dabei immer noch mit beiden Händen haltend.

Es sträubt sich erst, bleibt aber, einmal abgesetzt, auf der Plattform sitzen. Emma schiebt die Pyramide an. Das Meerschweinchen zittert, verfällt in eine Starre und reißt die Augen auf. »Die Kerzen«, sagt Emma in selbstverständlichem Ton zu Meisner, »können wir jetzt nicht anzünden. Aber es geht auch so.« Die Pyramide nimmt Fahrt auf. »Siehst du«, ruft Emma, »so kann Fritz Karussell fahren!«

Meisner hatte vergessen, dass das Meerschweinchen

Fritz heißt, einen Moment kann er mit Emmas Satz überhaupt nichts anfangen. Ihm ist so schwindlig, als säße er selbst auf der Plattform.

- 29 -

Anderthalb Stunden, nachdem sie telefoniert haben, steht Reinhard bei Kristine vor der Tür. Kristine ist ungekämmt, die Haare hängen ihr strähnig ums Gesicht, statt wie sonst weich in den Nacken zu fallen. Er will sie umarmen, aber sie weicht einen Schritt zurück – und als er es ein zweites Mal versucht, schlägt sie seine Hand weg. »Ich kann auch wieder gehen«, sagt er wütend.

In der Wohnung herrscht Chaos. Offenbar wollte Kristine herausfinden, was genau Emma mitgenommen hat, Schubladen stehen offen, im Kinderzimmer hat sie die Spielzeugkisten ausgekippt. Jetzt scheint sie nicht zu wissen, ob sie in die Küche oder ins Wohnzimmer gehen soll. Als sie sich für die Küche entscheidet und auf den Lichtschalter drückt, gibt es einen leisen Knall, ein Blitzen.

»Die Birne ist durchgebrannt«, sagt Reinhard und schaltet schnell die Beleuchtung über dem Herd an.

Kristine flucht. Sie stellt sich ans Fenster, sieht in den Innenhof, zündet eine Zigarette an und sagt: »Ich habe gerade angerufen. Sie schicken jemanden.«

»Und bis dahin?«

»Was weiß ich«, faucht sie, »bis dahin halten sie einfach die Augen offen? Du wolltest doch, dass ich warte!«

Er streckt die Finger aus, krümmt sie, streckt sie wieder. Ruhig bleiben. »Kristine, ich meinte: Was machen wir bis dahin?«

»Ich bleibe hier.«

»Wir gehen noch mal zu dem Jungen mit den Meerschweinchen. Wir können einen Zettel an der Tür lassen, und du nimmst das Handy mit, es sind ja nur ein paar Meter.«

Er sieht ihr so lange in die Augen, bis sie nickt.

Die Tür des Hauses ist nur angelehnt. Hinter der vergilbten Folie des Klingelschildes im zweiten Stock steht *Reuter-Fritsch*. Diesmal ist jemand zu Hause, Reinhard hört Kinder streiten. Kristine sieht plötzlich hoffnungsvoll aus, auch dann noch, als eine Frau öffnet und erstaunt fragt: »Ja?« Die Kinder sind nicht zu sehen.

»Guten Tag. Sie erinnern sich vielleicht nicht, ich bin Emmas Mutter …«

»Von wem?«

Reinhard mischt sich ein. »Bitte, Frau …« Er schaut noch einmal auf das Klingelschild. »Frau Reuter-Fritsch, Emma ist …«

»Nur Reuter. Fritsch ist mein Mann.« Plötzlich schreit die Frau über die Schulter: »Ist da jetzt mal Ruhe?« Zwei Jungen stürmen quer über den Flur, aus einer offenen Tür in eine andere.

»Bitte …« Kristine räuspert sich – nicht so, als wollte sie sich bemerkbar machen, eher, als wäre ihr wirklich die Stimme weggeblieben. »Wir suchen Emma. Sie ist eine Freundin von Thomas.« Obwohl es längst sinnlos ist, fragt Kristine: »Ist sie vielleicht bei Ihnen?«

»Ach, *die* Emma.« Frau Reuter starrt sie an. »Aber die war schon seit Monaten nicht mehr hier.«

»Doch«, sagt Kristine, »erst vorgestern …« Dann verstummt sie und scheint zu begreifen.

Und Reinhard denkt an die Situationen, in denen er hundertprozentig davon überzeugt ist, dass es einen bestimmten Passus in den Kommentaren gibt. Er sieht die Stelle im Buch vor sich, er könnte die Sätze fast wörtlich hersagen … aber wenn er die Seite findet und nachschaut, steht dort etwas ganz anderes.

Er greift nach Kristines Hand, und diesmal stößt sie ihn nicht weg. Ruhig fragt Reinhard die Frau – Reuter, nicht Fritsch – ob sie kurz hereinkommen dürfen. Sie zieht unschlüssig an ihrem Pullover, bevor sie den Weg freigibt, zwischen den großen Brüsten und den Achseln schlägt der Stoff Falten. Mit einer Handbewegung zeigt ihnen Frau Reuter den Weg zum Wohnzimmer. Auf der Couch sind mehrere Decken gestapelt, sie sagt: »Schieben Sie das einfach zur Seite.«

Noch einmal erklären Reinhard und Kristine ihr die Situation. Als sie diesmal am Ende angekommen sind, holt Frau Reuter endlich ihren Ältesten, Thomas, dazu. Aber auch er erklärt, Emma seit Monaten nicht gesehen zu haben. »Die war doof«, sagt er, »die hatte wohl bessere Freunde.«

»Aber sie wollte«, beharrt Kristine, »doch immer deine Meerschweinchen sehen!«

Plötzlich wird der Junge rot bis unter die borstigen Haare, hilfesuchend sieht er seine Mutter an. Als sie nickt, rennt er sofort zurück ins Kinderzimmer.

»Also«, erklärt Frau Reuter und errötet nun ebenfalls, »die Meerschweinchen haben wir vor ein paar Wochen weggegeben. Die Jungs haben sich nicht gekümmert. Na ja, wie Kinder so sind.«

Zurück, drüben im anderen Block, in der Küche, lässt sich Kristine auf den Stuhl neben der Heizung fallen. Sie friert sichtlich. Reinhard ist erstaunt, dass sie nicht hysterisch wird, aber wahrscheinlich hat sie den Gedanken einfach noch nicht zu Ende gedacht. Wohin ist das Mädchen denn gegangen, wenn nicht zu den Jungs und den Meerschweinchen? Warum hat Kristine die ganze Zeit über nie nachgehakt, was Emma an den Nachmittagen macht, warum kannte sie diese Frau Reuter nicht einmal?

Sie presst die Hände an die Heizungsrippen, ihre Finger sind genauso weiß wie das Metall. Wortlos setzt sich Reinhard neben Kristine. Er beugt sich vor, hebt ihre Füße an, er zieht die Füße auf seinen Schoß, zieht Kristine die Socken aus, zieht vorsichtig an den Zehen, als könnte sie schon das erwärmen. Dann beginnt er, die Füße zu reiben, und endlich massiert er die Sohlen, die Hornhaut der Fersen, die Zwischenräume der Zehen.

Draußen beginnt es ganz leicht zu schneien, und Kristine entspannt sich, schließt die Augen. Reinhard beobachtet sie. Als ihre Füße endlich so warm sind wie seine Hände, als sich ihre Füße weich an seine Oberschenkel schmiegen, rückt er ein Stück vor und drückt sich, sein eigenes Bedürfnis, gegen Kristines Fußsohlen.

Sie schreit auf. Abrupt zieht sie die Füße zurück, wischt an ihnen herum, sie schüttelt sich. Dann hebt sie die Socken vom Boden auf und zieht sie schnell an. »Wie kannst du«, flüstert sie, »jetzt an so was denken!«

Die beiden Polizisten stellen sich vor, und Kristine ist so nervös, dass sie die ausgestreckte Hand des jüngeren übersieht. Schnell steckt er sie wieder in die Tasche.

Der ältere Polizist heißt Müller. »Ja«, sagt er, als er im Flur steht und misstrauisch das Chaos in der Wohnung betrachtet. »Da hätten wir also Frau Angerer, und wer sind Sie?« Ruckartig dreht er sich mit dem letzten Wort zu Reinhard um, der zusammenzuckt. »Reinhard Porst«, sagt er schnell. »Ich bin Rechtsanwalt und ...«

Der Polizist zieht die Brauen hoch. »Wozu brauchen Sie denn einen Rechtsanwalt?«, fährt er Kristine an.

»Nein, nein, ich bin der Partner von Frau Angerer.« Reinhard steigt die Hitze ins Gesicht. »Aber kommen Sie doch erst mal herein. Möchten Sie etwas trinken? Wasser, Kaffee?«

Er selbst, er würde jetzt gern, sehr gern etwas trinken.

Der ältere Polizist glaubt schnell herausgefunden zu haben, wo der Hund begraben liegt. »Also entschuldigen Sie, natürlich liegt nirgendwo jemand begraben, man sagt das nur so. Aber es stimmt, dass Sie keinen Kontakt zum Vater des Mädchens haben?«

Kristine schüttelt den Kopf und erklärt, dass sie Thorsten seit sechs Jahren nicht gesehen hat. »Aber er hat damit nichts zu tun.«

Sie sitzt in einem der Sessel, Müller im anderen, der jüngere Polizist mit seinem Notizbuch auf der Kante der Couch. Reinhard lehnt an der Schrankwand und hält sich im Hintergrund, niemand wollte etwas trinken.

»Haben Sie eine aktuelle Adresse des Vaters? Nicht? Geben Sie mir die letzte, die Ihnen bekannt war. Gibt es ein Foto von ihm? Leben seine Eltern noch, wo wohnen sie? Geschwister, Freunde, gemeinsame Bekannte? Als Sie zuletzt Kontakt hatten, besaß Herr Hauswald da ein Auto?«

Kristine bleibt dabei, dass sie ihre Zeit verschwenden. »Thorsten hat kein Interesse an seiner Tochter. Emma kennt ihn auch gar nicht, sie würde nicht mit ihm mitgehen. Sie ist sowieso mit niemandem mitgegangen, sie ist selbst aus der Wohnung …«

Reinhard kann sich nicht lange konzentrieren. Während er den jüngeren Polizisten anstarrt, begreift er nicht, warum der sich einen Bart stehen lässt. Die einzelnen schwarzen Stoppeln, unregelmäßig über die Wangen verteilt, sehen nicht männlich, sondern ungepflegt aus. Reinhard weiß, dass er mit seinem gleichmäßigen Bartwuchs Glück gehabt hat. Vielleicht macht der Busch am Kinn wirklich wett, was ihm auf dem Kopf fehlt.

Müller räuspert sich. »Sie wissen nicht, was wir wissen. Sie kennen die Statistiken nicht. In achtzig Prozent der Fälle: ein Täter aus der Familie. Der Vater nimmt heimlich Kontakt zum Kind auf, über Wochen. Er passt es vor der Schule ab, trifft es auf dem Spielplatz … Wir wissen, wie das läuft.«

Kristine stöhnt. Reinhard tritt vor und legt ihr die Hand auf die Schulter. »Je schneller sie ihn finden, desto schneller können sie ihn ausschließen.«

»Er ist ein Versager«, beharrt sie. »So was hält er nicht durch.«

»Falsch.« Müller hebt einen Finger neben das Gesicht. »Er war ein Versager. Vor über sechs Jahren.«

»Wollen Sie mich«, fragt Kristine, »quälen?«

Aber das, was wirklich quält, fängt erst an. Fotos werden eingesteckt, Emmas Zimmer durchsucht, Müller geht einen Stapel Zeichnungen durch, den er in Emmas Schreibtisch gefunden hat. Dafür braucht es doch, wenn überhaupt, einen Psychologen, denkt Reinhard, vielleicht hat Müller zu viele Krimis gesehen. Dann fragt er sich, was er da eigentlich denkt. Er merkt, dass er kurz davor steht, seine Anspannung in einem gewaltigen Gelächter zu entladen.

Was könnte ein Psychologe auf Emmas Bildern erkennen? Reinhard versucht, Müller über die Schulter zu schauen, und der Wunsch, nach draußen zu laufen, das Kind auf eigene Faust zu suchen, wird immer größer. Wenn er nur sein Auto hätte! Soll er mit der Straßenbahn von Spielplatz zu Spielplatz fahren? Oder ohne Führerschein mit Kristines winzigem, selten benutzten Polo?

Der jüngere Polizist steht im Flur und telefoniert. Kristine zuckt bei den meisten Bildern die Achseln, wenn Müller hören will, wen Emma da gemalt hat. »Es sind Prinzessinnen«, sagt sie wütend, »gelbe Prinzessinnen, rosa Prinzessinnen, Sie sehen das doch, keine echten Menschen. Und der Mann im roten Mantel soll bestimmt der Osterhase sein!«

Aber auf einer der Zeichnungen entdeckt Reinhard sich doch. Erst fallen ihm nur die zwei Luftballons auf – dann erkennt er auch den Rest des Volksfests. Für Kristines Haare gab es offenbar nicht den richtigen Filzstift. Emma hat sogar ihr Crêpe gezeichnet, und es dann wieder durchgestrichen. Oben in der linken Ecke steht Frau Fischer, bei ihr stimmt die Haarfarbe, die Haarlänge auch, und in der Luft neben ihrem Gesicht hängt ein Herz.

Jetzt macht sich Müller Notizen. Und Reinhard denkt, dass ihn Kristine bestimmt nicht im Auto herumfahren wird. Sie fährt sowieso ungern, und sie wird in der Wohnung bleiben wollen, schließlich könnte Emma plötzlich vor der Tür stehen.

Aber er, er muss hier raus.

Erst nach dem viel zu späten Duschen fällt Meisner ein, dass er vergessen hat, seine Tabletten zu nehmen. Er holt es nach. Dann beschließt er, endlich mit Emma zu sprechen – obwohl er schon spürt, dass er wieder Hunger bekommt –, eigentlich hätte er längst anfangen müssen, das Mittagessen zu kochen. Stattdessen trinkt er ein großes Glas Wasser, um seinen Magen zu beruhigen.

»Ach, stimmt«, sagt Emma, »du wolltest noch mit mir reden, na, mach, worum geht es denn?«

Meisner starrt sie an. Er müsste jetzt fragen, warum sie in der Nacht geweint hat. Und ob ihre Mutter nichts dagegen hat, dass sie woanders schläft. Da durchfährt es ihn plötzlich, ein Schreck, der die Hände pochen und prickeln lässt. »Emma«, ruft Meisner atemlos, »Emma, du musst doch in die Schule!«

Sie lacht ihn aus. »Du bist ja dumm, es ist doch Samstag.«

Er fühlt die ganze Erschöpfung der schlaflosen Nacht. »Deine Mutter …«, fängt er neu an.

Aber sie fällt ihm sofort ins Wort: »Meine Mutter ist verreist.«

Auf dem Tisch liegen schon wieder Krümel, obwohl Meisner ihn nach dem Frühstück abgewischt hat.

»Verreist? Wohin denn?«

»An die … an die Ostsee. Sie ist mit Reinhard an die Ostsee gefahren. Es ist niemand da, drüben bei uns. Vielleicht kommen sie gar nicht mehr zurück, weißt du?«

Die Pyramide mit dem Meerschweinchen, sie hat sich vorhin gedreht und gedreht. »Aber deine Mutter«, sagt Meisner sehr langsam, »wird dich doch …«

»Nein«, ruft Emma. »Meine Mutter ist froh, wenn ich weg bin. Das hat sie mir *gesagt*.«

Über der Lehne eines Küchenstuhls hängt die Strickjacke, die Meisner oft in der Wohnung trägt. Er hat sie vor ein paar Jahren selbst gekauft, weil sie aussah, als käme sie aus Norwegen.

In diesem Moment klingelt jemand. Das Klingeln wirkt entschieden, Meisner erschrickt und will öffnen gehen. Aber Emma reagiert schneller. Sie läuft ihm zwischen die Beine, stellt sich in die Küchentür, versperrt ihm mit ausgebreiteten Armen den Weg. Sie krallt die Hände in den Türrahmen.

»Du hast es mir versprochen«, flüstert sie.

»Was denn?« Unwillkürlich flüstert er auch.

»Dass du niemandem sagst, dass ich hier bin.«

»Aber ich muss doch öffnen …«

»Nein!«

Es klingelt noch einmal, danach wird geklopft. Meisner versucht, an Emma vorbeizukommen, wütend tritt sie ihn gegens Schienbein. Dann lässt sic unerwartet den Türrahmen los und ist mit zwei, drei Sätzen, auf

Strümpfen, am Fenster. Blitzschnell steigt sie auf einen Stuhl, dreht den Griff herum und öffnet mit einer einzigen Bewegung den Fensterflügel, sie beugt sich zur Seite, damit er an ihr vorbei aufschwingen kann. Von draußen eisige Luft, Meisner steht in der Küchentür, Emma flüstert: »Wenn du aufmachst, springe ich runter.«

Nach ein paar Sekunden sagt er tonlos: »Aber ...« und dreht sich halb um. Sofort setzt Emma einen Fuß aufs Fensterbrett. Meisner hebt die Hände. »So was spielt man nicht«, sagt er.

Und Emma flüstert: »Du kannst doch gar nicht spielen.«

Er wendet den Blick ab, schaut in den Flur. Der Vater hat die Garderobe gebaut, die Stäbe bilden oben ein Halbrund. Das passende Schuhregal ist gerade so tief, dass es beim Vorbeigehen nicht stört.

Wer auch immer geklingelt und geklopft hat, er ist längst wieder gegangen. Nach einer ganzen Weile schließt Emma das Fenster und steigt vom Stuhl. Meisner fragt mit schwacher Stimme, ob er fürs Mittagessen einen Topf Wasser aufsetzen darf.

- 31 -

Kristine«, sagt Reinhard am Abend, kurz bevor Müller erneut vor der Tür steht. »Kristine, du musst etwas essen.«

Dann steht Müller nicht nur vor der Tür, sondern sogar im Wohnzimmer und erklärt, dass sie Emmas Vater ausfindig gemacht haben, der gerade auf Montage in Bayern ist. Sonst lebt er mittlerweile in Düsseldorf. Kristine hebt die Augenbrauen. »Wieso denn in Düsseldorf?«

»Er ist wohl verheiratet«, antwortet Müller. »Es tut mir leid.«

»Das ist mir doch egal«, sagt Kristine.

Reinhard geht in die Küche und setzt zum zehnten Mal Kaffee auf, sie ernähren sich seit dem Morgen von Kaffee.

Thorsten hat erklärt, keine Ahnung zu haben, wo sich seine Tochter aufhält. Müller steht in Telefonkontakt mit den bayrischen Kollegen, aber nichts deutet darauf hin, dass der Mann lügt. »Er war sich nicht mal sicher, wie alt Emma jetzt ist«, sagt Müller und reibt sich mit zwei Fingern den Nacken, »tut mir wirklich leid.«

»Hören Sie endlich auf, sich zu entschuldigen.« Kristine sieht aus, als würde sie gleich, jetzt gleich, etwas zerschlagen. »Mich interessiert nicht, was Ihnen alles leid tut. Gehen Sie raus und suchen Sie meine Tochter!«

Sie sind den ganzen Nachmittag herumgefahren, Kristine ist gefahren. Sie waren bei Lina und Ulrike, Linas Mutter hat sich vor ihre Tochter gekniet und auf Umwegen immer wieder gefragt, ob Emma ihr etwas erzählt hat. Ob Lina Emma etwas versprechen musste. Wie Emma sich am Freitag in der Schule verabschiedet hat. Ob Emma einen neuen Freund hat. Warum Emma in der letzten Zeit selten bei ihnen war. Was Emma sich zu Weihnachten gewünscht hat. Mit wem Emma in der Klasse sonst noch befreundet ist. Ob jemand Emma angesprochen hat. Hat sie Schokolade mit in die Schule gebracht? Hat ein Auto neben ihr gehalten?

Am Ende ist Lina in Tränen ausgebrochen und weggelaufen. Reinhard und Kristine sind weitergefahren, zwischendurch immer wieder in die Wohnung, den Anrufbeantworter abhören, den Zettel an der Tür kontrollieren. Sie haben getankt, und Emma war nicht im Zoo, war nicht bei den Robben, nicht bei den Pinguinen, auch nicht bei den Meerschweinchen. Sie suchten zwischen den Gehegen, bis sie durchgefroren waren und Reinhard fand, das Ganze sei sowieso keine gute Idee gewesen: Man hätte Emma doch nie hineingelassen, wenn sie ganz allein angekommen wäre.

Nachdem Kristine beim Abbiegen einen Golf übersehen hatte, bat sie Reinhard zu fahren. Übervorsichtig hielt er an einer gelben Ampel, als Kristine ihr Fenster herunterkurbelte, einem Mädchen mit hellblonden Haaren hinterherschrie. Das Mädchen drehte sich erschrocken um – es war viel älter als Emma. Sie suchten im Volkspark, sie kontrollierten den Schulweg. Kristine rauchte eine Zigarette nach der anderen, Reinhard leerte zweimal den Aschenbecher des Polo. Sie fuhren zu Emmas ehemaligem Kindergarten, und unter der düsteren Plane, mit der der Sandkasten abgedeckt war, hätte alles Mögliche versteckt, verborgen, begraben sein können. Das Tor war abgeschlossen. Als der Schneeregen wieder einsetzte, tropfte Wasser von den Klettergerüsten, Reinhard musste seine Brille trockenreiben.

Später am Abend, nachdem Müller gegangen ist, blättert Reinhard in einer Zeitschrift. Er stellt das Radio an, und Kristine geht wortlos hin und zieht den Stecker aus der Dose. Sie hätte das Radio, denkt er, auch einfach ausschalten können, das wäre weniger pathetisch gewesen. Sie verschwindet im Bad und er hört, wie sie den Schlüssel im Schloss dreht. Die Klospülung rauscht. Reinhard geht ins Wohnzimmer. Kristine folgt ihm, stellt sich auch hier sofort ans Fenster und sieht den Hügel hinunter. Er fragt: »Warum hast du die Badtür abgeschlossen?«

»Nur so.«

Erneut nimmt er die Zeitschrift in die Hand, legt sie beiseite, er spürt, wie ihn die Stille aufreibt. Dann soll Kristine lieber schreien. Dann soll sie lieber weinen oder wirklich etwas zerschlagen, dann soll sie lieber ihn, Reinhard, schlagen, dann soll sie es lieber sagen, es lieber laut sagen. Nach einer Weile dreht sie sich vom Fenster her zu ihm um. Reinhard muss daran denken, dass es oft heißt, jemand wäre in Minuten um Jahre gealtert. Kristine sieht nicht älter aus, sondern jünger. Ihr Gesicht wirkt erstarrt, die Haut angespannt, das glättet die Falten.

»Ich kann«, seine Stimme klingt mechanisch, »über Nacht hierbleiben.«

Und dann sagt sie es doch laut. »Du bist schuld«, sagt sie. »Du bist schuld mit diesem ganzen Dreck, in den du mich reingezogen hast, in den du Emma mit reingezogen hast, du bist schuld mit deinen Geschichten, du hast mich abhängig gemacht, weil du gemerkt hast, dass ich so jemand bin. Dass man das mit mir machen kann.« Kristine ist rot angelaufen und atmet mühsam.

Vorsichtig legt Reinhard die Finger aneinander. Er hat das Gefühl, jetzt sofort rauchen zu müssen, ein halbes, ein ganzes Päckchen, eine Zigarette nach der anderen, so wie Kristine es tut, soll seine Lunge doch schreien, das will er erst mal hören …

»Machst du mich«, fragt er leise, »wirklich verantwortlich?«

Zum ersten Mal, seit sie sich kennen, sieht er bei ihr einen höhnischen Blick. Sie lässt den Blick über seinen Kopf – ich werde kahl, denkt er – über seinen Körper zu den Füßen wandern. Dann sagt sie: »Wir sind verantwortlich. Aber du hast dich rausgehalten. Du weißt, wie man das macht, nicht wahr?«

Ungläubig fragt Reinhard: »Dann soll ich jetzt gehen?«

»Ja.« Sie scheint noch einmal zu überlegen, bevor sie die Antwort wiederholt. »Ja. Du gehst.«

Im Taxi öffnet er das Fenster ein Stück, um die Kälte im Gesicht zu spüren. Er nennt seine Adresse. »Sind das diese neuen Hochhäuser?«, fragt der Fahrer, und Reinhard nickt, ohne ihn anzusehen. »Hässliche Kästen«, sagt der Fahrer, »wir sind doch nicht in New York, solche Häuser gehören hier nicht hin.«

»Ich möchte nur«, sagt Reinhard müde, »dass Sie mich nach Hause fahren.«

Aber dann, als ihm in der Innenstadt plötzlich einfällt, wo Emma sein könnte, wirft er sich hastig im Sitz herum und stößt mit dem Musikantenknochen gegen den Türgriff. Sein Arm brummt. Reinhard presst die Hand auf den Ellenbogen und ruft: »Wenden Sie. Wenden Sie sofort!«

»Sofort«, sagt der Fahrer, »ist nicht. Wir sind nicht im Film. Da vorn kann ich drehen. Beruhigen Sie sich, Mann, ich fahre Sie, wohin Sie wollen.«

»Das müssen Sie auch.« Reinhard schreit fast. »Sie unterstehen dem Personenbeförderungsgesetz.«

Wie gut, dass er weiß, wo sie wohnt, wie gut, dass er Frau Fischer damals von der Schule nach Hause gefahren hat. Es ist eine ruhige Gegend mit dreistöckigen Häusern, er erkennt die Straße gleich wieder. Während er das Taxi bezahlt, fällt ihm auf, dass in Frau Fischers Haus alle Fenster dunkel sind, dabei ist es noch nicht einmal elf. Er steigt aus, sieht, dass man zweimal klingeln muss, erst an der Pforte zum Vorgarten, dann an der Haustür.

Es dauert, bis sich Frau Fischer – Jenny, denkt er – in der Sprechanlage meldet. Reinhard muss nicht lange erklären, worum es geht. Oben öffnet sie ihm in T-Shirt und Jogginghose, er überlegt, ob sie sich die Hose schnell übergezogen hat. Sie ist eindeutig schon im Bett gewesen, ihre Haare stehen in alle Richtungen ab, über dem linken Ohr kann Reinhard die Kopfhaut sehen.

Frau Fischer bemerkt seinen Blick und kämmt sich kurz mit den Fingern, dann sagt sie: »Es war jemand da, ich weiß Bescheid. Gibt es Neuigkeiten?«

Ob Emma bei ihr ist, das kann er sie nun nicht mehr fragen. Trotzdem geht er einen weiteren Schritt auf sie zu. »Jenny …«

Sie begreift nicht, bleibt in der Tür stehen. »Es muss«, sagt sie, »entsetzlich sein für Frau Angerer. Wie geht es ihr? Ich verstehe nicht, dass so ein Mädchen niemandem auffällt. Sie trägt ja nicht mal ihren Anorak, da merkt man doch, dass etwas nicht stimmt!«

Reinhard denkt an den rasch abgeklungenen Schmerz in seinem Ellenbogen, er fühlt die Erschöpfung im ganzen Körper, er denkt an Emma, und plötzlich steigen ihm Tränen in die Augen.

Frau Fischer erschrickt: »Was ist denn? Haben sie Emma doch gefunden?« Er schüttelt den Kopf, er kann jetzt einfach nicht sprechen. Und endlich versteht sie: »Entschuldigung, kommen Sie erst mal herein.«

In ihrer Küche, in der alles bunt ist und gestreift oder gepunktet, sitzt er auf einem Ikeaklappstuhl und sagt: »Ich habe eine Scheißangst.«

Frau Fischer, auf dem zweiten Stuhl, verschränkt die Arme vor dem T-Shirt, unter dem sie offensichtlich nackt ist. Reinhard denkt, dass sie eigentlich Tee kochen müsste. Aber was erwartet er denn? Trost? Ein Pflaster?

Er drückt die Fäuste gegen die Augen, wie am Mittag spürt er das nervöse Gelächter in seinem Hals zucken. Er hat mal eine Show besucht, eine schlecht organisierte Veranstaltung, von der er sich etwas völlig anderes erhofft hatte. Auf der Bühne teilten sich drei ältere Damen zwei pfeifende Mikrofone. Und immer, wenn etwas schiefging, fragten sie einander, und das war der Running Gag des Abends: »Möchtest du ein Pflaster?«

Er nimmt sich zusammen. »Ihnen ist also nichts aufgefallen?«, fragt er Frau Fischer in, wie er glaubt, normalem Ton.

Sie sieht ihn verwundert an. »Doch, ich habe Ihnen neulich schon gesagt …«

»Ja, natürlich, aber haben Sie das auch der Polizei …«

»Natürlich.«

Er merkt, wie ihr Blick am Wecker hängen bleibt,

der auf einem Regalbrett vor sich hintickt, vielleicht muss sie morgen früh raus. An einem Sonntag? Oder vielleicht, fällt ihm ein, sind sie gar nicht allein in der Wohnung, vielleicht hat Frau Fischer nicht allein geschlafen, er beugt sich vor und fragt: »Habe ich Sie gestört?«

»Nein. Ich weiß nur nicht, was Sie von mir wollen.«

»Sollen wir nicht endlich mit der Siezerei aufhören? Ich bin Reinhard.«

»Also …« Sie steht auf und schaut jetzt ganz offen auf den Wecker. »Ich möchte lieber beim Sie bleiben. Schließlich sind Sie der Vater einer meiner …«

»Aber nein! Ich bin doch nicht Emmas Vater!«

Unwillkürlich nimmt er das Bild wahr, in der Scheibe des Küchenfensters, er ist ebenfalls aufgesprungen, hat abwehrend die Hände gehoben.

Frau Fischer weicht zurück. »Wie auch immer, Herr Porst. Es geht mich nichts an, mich interessiert nur, was mit Emma ist …« Sie schüttelt den Kopf, wird rot. »Ich würde gern wieder ins Bett gehen.«

Aber in diesem Moment knurrt Reinhards Magen, laut, sie hören es beide. Reinhard beugt sich vor. »Ich habe«, sagt er tonlos, »heute noch nichts gegessen. Wir waren zu sehr … den ganzen Tag …« Er widersteht dem Impuls, sich weiterhin in der Scheibe zu betrachten.

Frau Fischer sieht bestürzt aus. Sie kommt um den Tisch herum auf Reinhards Seite gelaufen und öffnet in seinem Rücken den Kühlschrank. »Bitte.«

Er dreht sich um. »Darf ich? Wirklich?«

»Ja, bitte, nehmen Sie.« Ihr Gesicht ist immer noch rot. »Es tut mir leid.«

Kalte Luft aus dem Kühlschrank, Frau Fischer isst offenbar viel Grünes, Gesundes. Reinhard sieht Hummus und Auberginencreme in flachen Packungen, Käse in einer Frischhaltedose, im untersten Fach drei Glasschälchen, in denen Pudding erkaltet ist, auf jeder Portion eine dunkelbraune Haut mit winzigen Bläschen. Er kann sich nicht daran erinnern, wann er zuletzt selbst gekochten Pudding gegessen hat. Vielleicht nie, vielleicht nicht einmal während der ersten Lebensjahre, in der Küche der Dortmunder Villa, bei der Dortmunder Haushälterin.

- 32 -

Am Abend lässt Emma Meisner wissen, dass sie doch nicht ganz ohne Flüssigkeit auskommt. Bevor sie ins Bett geht, trinkt sie immer eine große Tasse Honigmilch.

»Wenn ich die Milch nicht bekomme, kann ich nicht schlafen, es geht überhaupt nicht ohne die Milch.« Emma drückt das graue Kissen an sich. Also erwärmt Meisner Milch und rührt sie dabei die ganze Zeit um, er muss verhindern, dass sich eine Haut bildet. »Wenn Haut drauf ist«, sagt Emma, »trinke ich die Milch nicht, auch nicht, wenn Hautstückchen drin schwimmen.«

Sie muss die Milch aber trinken, es ist der letzte Rest. Nicht einmal eine Packung H-Milch steht noch im Schrank.

Als sie eingeschlafen ist, zieht Meisner den Mantel an und verlässt die Wohnung. Er trinkt seinen Kaffee morgens mit Milch, er kann keinen schwarzen Kaffee trinken, durch Emma gerät sowieso viel zu viel durcheinander. Zum Glück hat der Spätkauf auch samstags bis Mitternacht geöffnet.

»Wenn du jemandem von mir erzählst«, hat Emma vor dem Einschlafen gesagt, »passiert das Schlimmste.«

Im Spätkauf von Herrn Demirci ist niemand zu

sehen. Auf der Ladentheke ein Radio, es läuft türkische Popmusik. Meisner geht in dem winzigen Raum hin und her, bestimmt kommt Herr Demirci gleich aus dem Hinterzimmer. Meisner hustet. Hinter dem Vorhang aus Perlenschnüren brennt Licht. Endlich ruft Meisner: »Herr Demirci?«

Die Perlen geraten in Bewegung. Während er hinter die Ladentheke tritt, trocknet sich Herr Demirci die Hände mit einem Papierhandtuch. »Gut, gut«, sagt er.

Meisner hatte schon immer Probleme, Herrn Demirci zu verstehen, der Akzent ist ausgeprägt. Auch Herr Demirci scheint Meisner schlecht zu verstehen und hat ihm mehrmals den falschen Tabak gegeben und einmal ein Glas Marmelade statt einer Tafel Schokolade.

»Das ist ja eine Geschichte bei Ihnen da oben«, sagt Herr Demirci. Meisner überlegt und antwortet: »Ich brauche nur schnell einen Liter Milch.« Herr Demirci schüttelt den Kopf, bevor er die Münzen in die Kasse sortiert, dann blickt er Meisner intensiv an und sagt langsam, als wolle er diesmal unbedingt verstanden werden: »Ein Kind ist die Frucht des Hauses.« Während er Meisner eine Plastiktüte für die Milch gibt, murmelt er noch: »Sie wollen wohl nicht darüber reden.«

Und dann sieht Meisner, als er auf dem Rückweg nicht die Abkürzung nimmt, sondern am Spielplatz vorbeigeht, Emmas Mutter. Frau Angerer sitzt auf der linken Schaukel, aber sie schaukelt nicht, sie sitzt reglos da.

Zuerst will er gleich zu ihr hinlaufen. Sie ist also schon von der Ostsee zurück! Er will rufen … bis ihm Emma einfällt und ihre Stimme, die sagt: »Das Schlimmste.«

Frau Angerer hat ihn noch nicht bemerkt. Während er überlegt, einfach weiterzugehen, schaut er noch einmal genau hin. Und plötzlich erkennt er, dass die Frau auf der Schaukel gar nicht Frau Angerer ist. Eine andere Nachbarin sitzt dort, sie wohnt im zweiten Stock, Meisner hat sie vor ein paar Tagen aus ihrer Tür kommen sehen.

Es konnte ja auch gar nicht Frau Angerer sein, denkt er verwirrt, Frau Angerer ist schließlich verreist.

Er greift fester nach seiner Tüte, bleibt auf dem Weg. Neben der Nachbarin sagt er laut: »Einen sehr schönen Abend.« Obwohl er nur geradeaus sieht, spürt er, dass ihn die Nachbarin anstarrt, und er geht schnell, schneller vorbei.

- 33 -

In der Wohnung unter der von Frau Fischer ist ein Kind aufgewacht, es weint und ruft, deutlich zu hören: »Papa, Papa, Papa.« Reinhard fragt sich, ob es mit einem Babysitter oder der Mutter allein ist. Das Weinen scheint mal aus der einen, mal aus der anderen Richtung zu kommen; vielleicht trägt die Mutter das Kind durch die Wohnung. Aber sind Kinder, die so deutlich nach ihrem Vater verlangen können, nicht schon zu groß und zu schwer, um auf den Arm genommen zu werden?

Frau Fischer hat sich eine Strickjacke übergezogen, trägt jedoch nach wie vor keine Strümpfe, keine Schuhe. Wenn sie ein Bein auf den Stuhl zieht, kann Reinhard den nackten Fuß sehen. Er hat zwei Schälchen Pudding gegessen, danach den Hummus und eine Rolle dunkles Pumpernickel.

»Darf ich Sie noch etwas fragen?« Indem er das fragt, tut er es ja schon, sie nickt. »Haben Sie«, fragt er, »in dieser Jogginghose geschlafen? Oder nackt?«

Ihr Fuß knallt vom Stuhl herunter auf den Boden. Sie antwortet nicht.

»Meine Exfrau«, redet Reinhard schnell weiter, »hat im Winter ein Frotteenachthemd getragen und trotzdem gefroren …«

Während er gegessen hat, haben sie über Emma gesprochen. »Die Polizei«, hat er gesagt, »tut bestimmt, was sie kann, sie haben auch alles Nötige, Emmas Geburtsurkunde, ihre Krankengeschichte, ihren Kinderreisepass, eine genaue Beschreibung … hellblond, zwei Narben am Knie, ein Muttermal auf der Schulter … sagt Kristine, ich habe das Muttermal nie gesehen. Keine Brille, keine Ohrlöcher. Vielleicht hat Emma ein Kissen dabei, ein Sofakissen, auf jeden Fall ihren Schulrucksack. Die Polizei hat Fotos, auch von dem Kissen und vom Rucksack. Es gibt Röntgenbilder, aber keine Finger- oder Fußabdrücke, wer nimmt schon Fingerabdrücke von seiner Tochter?« Reinhard hat gefragt: »Hätten Sie das getan, Jenny, wenn Sie eine Tochter hätten?« Auch darauf hat sie nicht geantwortet.

Er stellt die Puddingschälchen ineinander. Wenn Frau Fischer und er schweigen, hört man nur das Ticken des Weckers und das Schreien des Kindes in der Wohnung unter ihnen. In einer hölzernen Getränkekiste neben der Spüle steht eine Flasche Wein, Reinhard hat sie seit einer ganzen Weile im Blick. Er kann das Etikett erkennen, ein Merlot, bestimmt halbwegs trinkbar. Aber Frau Fischer hat ihm keinen Wein angeboten, nur Wasser. Die Getränkekiste ist staubig und alt, obwohl sonst alles in der Küche modern wirkt, vielleicht verbindet Frau Fischer eine Erinnerung mit der morschen Kiste. Auf der zweiten Querstrebe ein Aufdruck: *Der Hirschbräu*.

»Also ich«, versucht es Reinhard erneut, »bin ein

Nacktschläfer. Ist es in Ordnung, wenn ich das so offen sage?«

Frau Fischer sieht müde aus. Mittlerweile ist es auch wirklich spät.

»Ich glaube«, sagt er, »man sollte über solche Dinge reden. Die Werbung ist in der Kommunikation viel weiter als wir. Bekommen Sie auch immer diese Spam-Mails? Heute zum Beispiel: *Haben Sie Probleme, die Frau zum Orgasmus zu schaffen?*« Er fühlt sich betrunken, obwohl er die Weinflasche nur anstarrt. »Soll ich vielleicht schnell abwaschen?« Er räuspert sich.

Frau Fischer zieht die Strickjacke über der Brust zusammen. »Nein«, sagt sie, »das mache ich morgen.« Sie steht auf, bringt die Puddingschälchen zur Spüle, lehnt sich mit der Hüfte ans Metall, dreht sich halb um und betrachtet Reinhard. Dann sagt sie entschlossen: »So, und nun frage ich Sie mal was. Warum wollen Sie eigentlich nicht nach Hause?«

Seine rechte Hand liegt auf dem Tisch, und jetzt drückt er den Daumennagel ins weiche Fleisch des Zeigefingers, er drückt mit der ganzen Kraft zu, die er in seiner Hand finden kann, Reinhard hat sich die Nägel lange nicht geschnitten. Er sagt: »Dass all das ausgerechnet zu Weihnachten passieren muss. Sie wissen einfach nicht, wie ich mich fühle.«

- 34 -

Meisner schafft es nicht, er kann nicht einschlafen, obwohl er seine Tablette genommen hat. Emma wird morgen bestimmt früh wach werden, sie schläft schon seit Stunden. Er schaltet das Licht an und nimmt eine zweite Schlaftablette – er weiß, dass er dann den ganzen Tag Kopfschmerzen haben wird, seine Beine werden sich noch schwerer anfühlen und die Hände schlecht zugreifen können, Kaffee wird nicht helfen.

Er müsste auf die Toilette, aber er hat Angst, dass Emma aufwacht, die Klospülung ist laut. Aufs Spülen verzichten kann er nicht, Emma wird am Morgen bestimmt vor ihm ins Bad gehen.

Meisner friert und schwitzt gleichzeitig, er fühlt sich krank. Im Dunkeln starrt er auf die Tür, fragt sich, ob sich die Klinke, die er gar nicht erkennen kann, bewegt. Als er das nächste Mal die Nachttischlampe anschaltet, vermeidet er es, auf den Wecker zu sehen.

Neben dem Kleiderschrank ein Stuhl, neben dem Stuhl die Truhe, neben der Truhe das zusammengeklappte Bügelbrett, ein Wandregal, auf dem Wandregal der Nussknacker, den der Vater nicht selbst gebaut, sondern von einer Reise ins Erzgebirge mitgebracht hat. Neben dem Nussknacker steht eine Blumenvase.

Meisner steigt aus dem Bett. Er geht durchs Zimmer

zur Tür und horcht, und als draußen alles ruhig ist, alles ruhig bleibt, nimmt er die Vase vom Wandregal. Weil sich die Tür nicht abschließen lässt, drückt sich Meisner zwischen den Kleiderschrank und die Fensterwand. Möglichst leise uriniert er in die Vase.

Noch später in der Nacht liegt er auf dem Rücken, Arme und Beine ausgestreckt. Er wird immer hungriger. Er wirft sich herum und tastet blind in der Schublade des Nachttischs, bis er ein Bonbon findet. Während sich der zuckrige Geschmack im Mund verteilt, kneift Meisner die Augen zusammen, um nicht zu weinen. Er kann den Urin im Zimmer riechen.

- 35 -

Frau Fischer hat Reinhard noch ein Glas Wasser angeboten, und er hat es ausgetrunken. Dann ertappt er sich dabei, dass ihm der Kopf auf die Brust sinkt – er reißt ihn hoch, verliert fast das Gleichgewicht. In diesem Moment lässt Frau Fischer die Hände flach auf den Tisch fallen. »Sie können doch so nicht weitermachen. Ich hole Ihnen eine Decke, Herr Porst. Sie können auf dem Sofa schlafen.«

Sie verlässt die Küche, und als sie wieder in der Tür steht, scheinen ihm nur Sekunden vergangen zu sein. »Das Sofa ist ein bisschen weich«, sagt Frau Fischer, »aber es wird schon gehen. Sehen Sie …« Er steht auf, sie fährt fort: »… diese Tür dort. Das Bad ist links.« Sie macht eine schnelle Bewegung, als sei ihr etwas eingefallen, öffnet einen Hängeschrank. »Hier, für Sie. Handtücher finden Sie im Bad.«

»Eine Gästezahnbürste?« Trotz seiner Müdigkeit muss er lachen. Die Zahnbürste hat einen kurzen Kopf und steckt noch in der Verpackung.

»Also ich habe sie noch nicht benutzt.« Frau Fischer zögert. »Kann ich Sie denn allein lassen?«

»Wirklich, ganz sicher.« Er nickt zur Bekräftigung. »Gute Nacht. Und vielen Dank, für alles, meine ich.« Er hält die rote Zahnbürste hoch. Frau Fischer schaut ihn zweifelnd an, bevor sie sich umdreht und die Schlafzimmertür hinter sich schließt.

Vorm Wohnzimmerfenster hängen keine Gardinen. Auf einem großen Tisch Bücherstapel, Zeitschriften, eine Schale Obst, die Decke auf dem Ausziehsofa hat Frau Fischer schon aufgeschlagen. Reinhard setzt sich auf die Sofakante und wartet. Als er eine Viertelstunde lang kein Geräusch mehr gehört hat, drückt er vorsichtig die Klinke hinunter und schaut um die Ecke, bevor er zurück in die Küche geht.

Er fängt sofort an zu suchen. In den Schränken findet er Nudelvorräte, Maggi und Kürbiskernöl, Laminatreiniger, Eiswürfelformen für Seepferdchen und Muscheln, aber keine angebrochene Flasche. Dabei ist Frau Fischer genau der Typ, der die italienische Küche liebt, frisches Basilikum, Parmesan … und solche Frauen haben immer einen billigen Grappa im Haus. Reinhard braucht jetzt eine angebrochene Flasche! Er schaut sogar hinter die Töpfe im untersten Schrankfach, doch am Ende muss er alles wieder einräumen.

Er nimmt seine Aktentasche mit ins Wohnzimmer, schaltet diesmal kein Licht an, die Straßenleuchte vorm Fenster ist hell genug. Erst will er sich ganz ausziehen, wie er es gewohnt ist, behält dann aber den Slip an und schlüpft nach einem kurzen Zögern auch wieder in das enge T-Shirt, das er unter dem Hemd getragen hat. Er geht ins Bad, der Deckel der Waschmaschine steht offen, in der Luft hängt ein feuchter Geruch. Die frischen Bezüge auf dem Schlafsofa haben genauso gerochen, nach Weichspüler. Wo trocknet Frau Fischer denn ihre Wäsche?

Er drückt die Zahnbürste aus der Verpackung. Im Spiegel sein Gesicht, er sieht unrasiert aus, aber nicht so müde wie gedacht. Kurz fragt er sich, ob Emma wach ist – und wo. Frau Fischer schläft bestimmt tief und fest. Unter dem Spiegel ein Bord, darauf ein Porzellanpferdchen mit abgeschlagenem Ohr, Cremes, Zahnpasta, ein Lippenstift, ein Becher mit Frau Fischers Zahnbürste und einem Zungenreiniger. Reduziert Bakterien, denkt Reinhard und stellt sich Frau Fischers gesunden Mund vor.

Er wirft die Verpackung in den kleinen Plastikeimer neben dem Klo und hält die Zahnbürste unters heiße Wasser. Aber dann legt er sie auf dem Waschbeckenrand ab. Er fährt sich mit der Zunge über die Lippen, macht einen Kussmund, betrachtet sich noch einmal im Spiegel, bevor er statt nach der für ihn bestimmten Zahnbürste nach der von Frau Fischer greift. Es ist eine Zahnbürste, bei der man den Kopf auswechseln kann, und er müsste auch dringend ausgewechselt werden. Reinhard drückt einen Klecks Zahnpasta auf die Borsten und beginnt zu putzen.

Danach will er schlafen gehen, er will es wirklich. Aber dann zieht es ihn doch zurück in die Küche. Er nimmt die Weinflasche aus der Getränkekiste, es ist die einzige, Frau Fischer wird auffallen, dass sie fehlt.

Reinhard findet einen Korkenzieher. Eigentlich möchte er gleich aus der Flasche trinken, aber er kann sich gerade noch so beherrschen.

Fühlen Sie sich wie zu Hause, das ist ein Satz, der zu Frau Fischer passen würde, auch wenn sie ihn nicht gesagt hat.

Die unbenutzte Zahnbürste steckt Reinhard später in seine Aktentasche.

Am Morgen weckt ihn die Sonne. Von Frau Fischer ist noch nichts zu hören. Reinhard zieht sich an und stellt den kleinen Espressokocher aus Aluminium auf den Herd, den Espresso hat er schon in der Nacht im Vorratsschrank gefunden. Er spült die Weinflasche aus und versteckt sie hinter anderen leeren Flaschen an der Wand, macht ein Tablett fertig, mit Tassen und Zucker. Eine Weile starrt er Frau Fischers Schlafzimmertür an, bevor er ein Lächeln aufsetzt und die Klinke drückt, das Tablett balanciert er dabei auf der linken Hand.

Frau Fischer schläft noch. Reinhard stellt das Tablett auf dem Nachttisch ab. Sie liegt auf dem Bauch, ein Ellenbogen ragt aus dem Bett, die Decke ist halb heruntergerutscht, auch das T-Shirt ist verrutscht, so dass Reinhard einen Streifen Haut sehen kann. Er beugt sich vor. Legt behutsam zwei Finger auf die Stelle. Die Haut fühlt sich kühl, unnachgiebig an.

Frau Fischer zuckt mit der Hüfte, aber sie öffnet die Augen noch nicht. Kurzentschlossen kniet sich Reinhard auf den Boden und beginnt, den Streifen nackter Haut zu streicheln. Als sich Frau Fischer endlich rührt, bringt er sein Gesicht nah an ihres heran, flüstert in dem Moment, in dem sie die Augen aufschlägt: »Guten Morgen, schöne Frau.«

Was danach passiert, ist alles eine einzige Bewegung. Wie sie hochschreckt, wie sie zurückfährt, wie sie nach der Decke greift, wie sie das T-Shirt über den Bauch zerrt. Frau Fischer sieht Reinhard an, als wäre er von der Straße in ihr Schlafzimmer eingedrungen. Dabei hat sie ihn selbst in die Wohnung gelassen und gestern haben sie sich noch gut verstanden.

Nachdem sie überstürzt ins Bad verschwunden ist, denkt Reinhard an den Kaffee, der in den Tassen bestimmt schnell abkühlt. Er kann Frau Fischer hören, offenbar duscht sie nicht, und in der Erwartung, dass sie gleich wieder herauskommt, behält er die Badtür im Auge. Was macht er denn falsch?

Sie kommt heraus. Und sie will joggen gehen, trägt bereits die komplette Ausrüstung, eine Thermojacke, aus deren Tasche die Ohrhörer eines MP3 Players hängen, enge Sporthosen, über den Knöcheln Stulpen. Sie hat sogar schon die Laufschuhe angezogen.

Reinhard stützt sich mit einer Hand an der Wand ab und legt eine Menge Gewinnendes in sein Lächeln. »Kaffee?«

»Ich trinke früh keinen Kaffee, Herr Porst«, wehrt sie ab, ohne ihn anzusehen. »Haben Sie Ihre Sachen?

Wir werden jetzt die Wohnung verlassen.« Sie greift an ihm vorbei nach einem Paar Handschuhe, das auf dem Flurschrank liegt.

»Sie möchten laufen gehen? Ich mag Frauenbewegungen – sie müssen nur rhythmisch sein.« Er beißt sich auf die Lippen, aber das holt den Satz auch nicht wieder zurück. Nun ist Frau Fischer wirklich wütend, unübersehbar. Reinhard atmet tief durch. »Jenny … Was ist denn eigentlich los? Können wir darüber reden?«

»Sie wollten mich küssen!«

»Nein.« Er schüttelt den Kopf und möchte sie am Arm packen, sie weicht ins Bad zurück, er sagt: »Ich wollte dich nur wecken.«

»Da steht Ihr Wort gegen meins, Herr Anwalt!«

Er geht ihr nach, bis sie gegen das Waschbecken stößt. Ihre kleinen Ohren leuchten, wahrscheinlich zieht sie gleich noch eine Mütze darüber. Reinhard will Frau Fischer den Weg verstellen, aber sie wirbelt zur Seite, und als sie unter seinem Arm durchtaucht, stößt sie mit dem Ellenbogen eine der Cremedosen vom Bord. Die Dose rollt mehrmals im Waschbecken herum, bevor sie zur Ruhe kommt, aber da ist Frau Fischer schon im Flur und hält Reinhard unmissverständlich die Wohnungstür auf. »Emma ist verschwunden. Denken Sie an sie! Gehen Sie zu Frau Angerer! Sie wissen nicht mal, was es Neues gibt …«

Im Treppenhaus begegnet er einer kleinen Familie, der Mann trägt den Buggy, die Frau das vielleicht zweijährige Kind. Reinhard wüsste gern, ob es dieser Junge war, der in der Nacht geschrien hat. Ihm fällt ein, dass er geglaubt hat, Frau Fischer könne nur mit Grundschülern zurechtkommen – sie hat ihm gerade das Gegenteil bewiesen. Wahrscheinlich hat man sie im ganzen Haus gehört, vielleicht sehen der Mann und die Frau deshalb zur Seite, als Reinhard sie überholt.

Er tritt auf den Fußweg und hofft, dass ihn Frau Fischer nicht vom Fenster aus beobachtet. Während er versucht, sich beim Gehen gerade zu halten, wird er das Gefühl nicht los, leicht von einer Seite auf die andere zu schwanken. Er würde gern wenigstens dieses eine Gefühl loswerden.

Später, als er wirklich zu Kristine gefahren ist und bei ihr klingelt, mustert sie ihn, bevor sie ihn hereinlässt. Reinhard fragt, ob es Neuigkeiten gibt.

»Siehst du sie irgendwo?« Ihre Stimme klingt heiser.

»Ich wollte nur … Soll ich erst mal …«

»Tu das nicht.« Kristine schlägt mit der Faust gegen die Wand. »Sag jetzt bloß nicht, dass du Kaffee kochst. Das *hilft* nicht!«

»Aber ich …«

»Noch einmal, noch ein einziges Mal dieses Wort: Kaffee.« Sie flüstert: »Dann passiert das Schlimmste!«

Und da kann sich Reinhard nicht mehr beherrschen. Er ist selbst müde und gereizt, er hatte kein Frühstück, sein Nacken ist verspannt. Er hat viel zu verlieren. »Kristine, was passiert denn dann bitte? Kaffee! Kaffee! Kaffee!«

Sie hält sich weder die Ohren zu noch schreit sie. Sie sieht ihn nur an.

- 36 -

Meisner schlägt die Augen auf, und Emma steht vor seinem Bett. Wenn er aufwachen kann, muss er irgendwann eingeschlafen sein. Auf dem Nachttisch klingelt der Wecker, er vibriert, aber Emma scheint das laute Geräusch nicht zu stören. Sie bewegt sich überhaupt nicht, blinzelt nicht einmal, während sie Meisner anstarrt. Er schaltet den Wecker aus.

Als er zum zweiten Mal aufwacht, schafft er es, aus dem Bett zu steigen und ins Bad zu gehen. Emma sitzt im Wohnzimmer. Beim wieder viel zu späten Frühstück fragt Meisner sie, ob ihre Mutter jetzt zurück ist.

»Wie, zurück?«

»Na, von der Ostsee.«

»Von der Ostsee? Ach so, nein, noch nicht.« Emma spielt mit ihrem Ei herum, ein Stück wachsweiches Eigelb fällt auf den Tisch und sie drückt es mit dem Finger breit.

Meisner fragt sie, ob sie am Morgen in seinem Zimmer war.

»Heute Morgen? Jetzt ist doch Morgen.« Sie schaut ihn nachdenklich an. Er hat noch nichts gegessen, ihm ist übel vor Müdigkeit. Plötzlich schneidet Emma entschlossen eine Ecke von einer Toastscheibe ab, sie nimmt das Stück in die Hand und hält es Meisner hin. »Mund auf«, sagt sie. Er presst die Lippen aufeinander und schüttelt den Kopf, aber sie zischt noch einmal: »Mund auf!«, und endlich tut er, was sie verlangt. Er kaut.

Erstaunlicherweise geht es ihm sofort ein wenig besser. Emma drängt ihm ein zweites Stück Toast auf, bevor sie das Interesse verliert. Meisner schluckt. Dann öffnet er wieder den Mund, aber diesmal, um etwas zu sagen.

»Emma, du kannst nicht hierbleiben.«

»O Mann.« Genervt lässt sie das Messer fallen. »Ich habe dir doch erklärt …«

»Es geht aber nicht!« Seine Stimme überschlägt sich fast.

Emma springt auf. Sofort bekommt er Angst vor der Situation, er hat Angst vor Emma, *das Schlimmste*, denkt er. Und in diesem Moment – weil das Schlimmste immer noch schlimmer wird – klingelt es an der Tür.

Einen Augenblick ist Meisner völlig verwirrt und kann nicht einordnen, ob das, was geschieht, real ist. Das Klingeln an der Tür, das war doch schon gestern? Und hat Emma am Morgen wirklich vor seinem Bett gestanden?

Nach dem Klingeln wird geklopft. Das Klopfen klingt zaghaft. Emma sagt nichts. Und dann ruft draußen, im Hausflur, eine Frau: »Herr Meisner, sind Sie da?« Emma sagt immer noch nichts – und als Nächstes donnert es. Jemand schlägt mit der Faust gegen die Tür, ein Mann schreit: »Wir haben Sie gehört, bitte öffnen Sie. Polizei. Wir möchten mit Ihnen sprechen.«

Meisner zittert. Meisner rennt in den Flur, entriegelt das Sicherheitsschloss, hakt die Kette aus, klemmt sich einen Finger ein, bevor die Tür endlich aufgeht. »Ja?«, ruft er, »ja?«

Der Mann stellt sich vor: »Müller. Kriminalpolizei.« Dann dreht er sich zu der Frau um. Es ist die Nachbarin aus dem zweiten Stock, die Meisner am Abend auf dem Spielplatz gesehen hat. Der Mann von der Kriminalpolizei fragt die Frau: »Ist er das?«

Sie nickt, zeigt mit dem Finger auf Meisner. »Ich habe immer gewusst, dass mit dem was nicht stimmt.«

Der Mann von der Kriminalpolizei dreht sich wieder zurück. »Können wir«, fragt er, »hereinkommen?«

Und währenddessen, die ganze Zeit, horcht Meisner in die Küche. Als er nicht antwortet, sieht ihn der Mann von der Kriminalpolizei fragend an, und als Meisners verschwitzte Hand von der Klinke abrutscht, stellt er schnell seinen Fuß in die Tür. »Herr Meisner«, sagt er, »wir haben es gestern schon versucht, aber Sie waren nicht da. Wir befragen alle Bewohner, es geht um das Mädchen von gegenüber, Emma Angerer, sie ist seit zwei Tagen verschwunden …«

Erschrocken öffnet Meisner weit die Tür. »Sie suchen die Emma?«

»Ja, haben Sie das Mädchen gesehen?«

Die Nachbarin ruft von hinten: »Natürlich hat er!«

»Aber warum suchen Sie denn ...« Meisner flüstert. »Ich verstehe nicht ...«

Müller wirkt plötzlich viel aufmerksamer und strengt sich an, über Meisners Schulter in die Wohnung zu schauen. »Haben Sie«, wiederholt er nachdrücklich, »das Mädchen gesehen?«

»Ja, natürlich ...« Meisner schluckt. »Sie ist ja in der Küche ...« Er zeigt mit der Hand in die Richtung und sucht nach Worten. »Aber ich darf es Ihnen nicht sagen, weil ... Es kann das Schlimmste passieren, man muss vorsichtig sein wegen des Fensters ...«

Die Nachbarin ist sprachlos, während sich der Polizist an die Hüfte greift, Meisner zur Seite stößt, gegen die Garderobe aus Rundstäben, die der Vater gebaut hat. Der Polizist stürmt an Meisner vorbei, die Küchentür schlägt gegen das Schuhregal, das der Vater gebaut hat, und Meisner hört plötzlich nichts mehr. Er denkt, dass der Mann von der Kriminalpolizei gleich zurückkommen wird. Weil man in der Küche mit dem offenen Fenster nichts mehr machen konnte.

Aber dann hört Meisner doch wieder etwas, Geräusche und endlich auch Emmas Stimme. Er denkt, dass er nun nicht länger für Emma verantwortlich ist. Zuständig ist jetzt der Mann von der Polizei. Die Nachbarin stemmt die Arme gegen den Türrahmen, als würde Meisner sonst aus der Wohnung laufen. Müller kommt zurück in den Flur und wählt eine Nummer auf seinem Handy. Und Meisner fragt: »Darf ich bitte auf die Toilette gehen?«

Müller sagt nur zwei Worte ins Handy: »Komm hoch.« Bevor er Meisner ins Bad lässt, tritt er selbst hinein, er öffnet die Schubladen des Schränkchens, fährt mit der flachen Hand zwischen aufgestapelte Handtücher. Dann zuckt er die Achseln.

Als Meisner allein ist, schließt er sofort die Tür ab. Er schiebt die Hose hinunter und setzt sich auf die Toilette.

Das Nächste, was Meisner wahrnimmt, ist ein Geräusch. Jemand schlägt gegen die Badtür und ruft seinen Namen. War er eingeschlafen?

»Kommen Sie da raus«, schreit die Nachbarin, »stehen Sie wenigstens dazu.«

Meisner spült schnell, dann wäscht er sich die Hände.

»Herr Meisner«, hört er nun auch den Mann von der Kriminalpolizei. »Wir sind so weit, wir können fahren. Nun machen Sie schon auf, es wird doch nicht besser, wenn Sie sich vor uns verstecken. Herr Meisner?«

Meisner trocknet sich ab, nimmt danach das Handtuch vom Haken und legt es über den offenen Korb mit der Schmutzwäsche. Bevor er hinausgeht, schaut er sich um.

- 37 -

Reinhard hört das Klingeln. Kristine hat sich im Schlafzimmer eingeschlossen. »Verpiss dich«, hat sie zu ihm gesagt; aber als er jetzt die Tür öffnet, ist er froh, noch da zu sein.

»Emma!«

Sie starrt durch ihn hindurch. Müller hat sie hergebracht, seine Hände liegen auf ihren Schultern.

Hinter Reinhard wird der Schlüssel herumgedreht, die Schlafzimmertür aufgerissen, Reinhard tritt aus dem Weg und Kristine stürzt auf Emma zu. Sie reißt sie hoch, presst sie an sich, Müller sieht taktvoll zur Seite. Emma beginnt zu weinen, während Kristine mit ihr auf dem Arm durch den Flur rennt, hinein ins Kinderzimmer, mit einem Knall fällt die Tür zu.

»Na ja«, sagt Müller verlegen zu Reinhard. »Den Rest können wir auch später klären.«

»Aber wo haben Sie sie gefunden?«

»Bei Ihrem Nachbarn.«

Selten war Reinhard verblüffter. Das kann nicht sein. »Bei meinem Nachbarn? Der kennt Emma doch gar nicht.«

»Nein, natürlich nicht bei Ihrem. Beim Nachbarn von Frau Angerer, dem Herrn Meisner. Dort drüben.«

Und da versteht Reinhard. Von einem Moment auf den anderen begreift er alles. Dieses Schwein!

Müller sieht ihn warnend an. »Wir haben die Verhaftung schon vorgenommen. Das Wichtigste ist, dass es Emma gutgeht. Ich habe mit ihr gesprochen, nichts deutet darauf hin, dass …«

Aber was denn sonst? Natürlich hat der Fette sie angefasst.

Als sich drüben die Wohnungstür öffnet, zischt Müller: »Noch nicht, du Idiot!« Doch Reinhard ist nicht zu halten, so schnell kann der jüngere Polizist die Tür gar nicht wieder schließen. Reinhard stößt Müller zur Seite, zerrt Meisner am Pullover aus der Wohnung. Jemand schreit: »Lassen Sie den Mann los!« Aber Reinhard lässt jetzt niemanden los, er stößt Meisner gegen das Geländer, zweiunddreißig Jahre hat er sich nicht geprügelt, trotzdem weiß er sofort, wo er ansetzen muss, wo es weich ist und weh tut, Meisner schreit auf, als ihn Reinhards Faust trifft. In den zweiten Schlag legt Reinhard noch mehr Kraft, es hat sich einiges angestaut.

Und dann dreht ihm jemand, Müller wohl, den Arm auf den Rücken, bis tief unter der Haut etwas knackt. »Haben wir uns jetzt«, brüllt Müller, »beruhigt?« Der jüngere Polizist führt Meisner schnell die Treppe hinunter. Neben Reinhard steht plötzlich eine Frau in einem rosa Pullover, Reinhard kennt sie nicht, aber die Frau nickt ihm die ganze Zeit zu, und als er sie nur verständnislos anblickt, lächelt sie nachdrücklich, streckt ihren Daumen in die Luft.

Reinhard beugt sich übers Geländer und schreit Meisner hinterher: »Sag bloß nichts von beschissener Kindheit. Die hatten wir alle. Alle!«

- 38 -

Ein Herbarium ist eine wissenschaftliche Sammlung getrockneter Pflanzen. Man muss die Pflanzen pressen, bevor sie welken, sonst sind wichtige Merkmale nicht mehr erkennbar. Die auf einem Herbarbogen angebrachte Pflanze sollte vollständig und von guter Qualität sein. Private Herbarien helfen beim Kennenlernen einer lokalen Flora. Eine trockene Lagerung des Herbariums ist wichtig, um Schimmelbildung und Fäulnis zu verhindern, Staubläuse werden durch Tiefkühlen bekämpft. Geschützte Pflanzen dürfen nicht gesammelt werden, außerdem keine Arten von der Roten Liste und keine Pflanzen, die am Standort nur in wenigen Exemplaren vorkommen. Als Faustregel gilt: Eins von zwanzig darf man entfernen.

Das Königreich Norwegen grenzt im Osten an Schweden und im Nordosten an Finnland und Russland. Norwegen besitzt den höchsten Lebensstandard der Welt. Norwegens Hauptausfuhrprodukte sind Erdöl und Erdölerzeugnisse. Neben Oslo gibt es vier weitere Städte mit mehr als 100 000 Einwohnern: Bergen, Trondheim, Stavanger und Fredrikstad. Oslo liegt am innersten Oslofjord. Am Ende der Hauptstraße Karl Johans gate befindet sich das Königliche Schloss. Das

Osloer Klima ist milder, als es dem nördlichen Breitengrad eigentlich entsprechen würde. Im Winter liegt die Normaltemperatur zwischen 0,7 und –4,3 Grad. Im Sommer liegt die Normaltemperatur zwischen 15,2 und 16,4 Grad.

Der Weltmarkt für Schnittblumen hat pro Jahr ein Volumen von sieben Milliarden Dollar. Die Niederlande exportieren die meisten Schnittblumen, Deutschland importiert die meisten. Schnittblumen werden für Gestecke und Sträuße verwendet. Es gibt reine Blumengestecke, aber auch gemischte mit nichtblühenden Pflanzen; als Steckmaterial dienen außerdem Knetmasse, Kunststoffteile, Polstermoos und Steckdraht. Nicht zu einem Strauß arrangierte Schnittblumen werden als Bundware bezeichnet: Tulpen, Narzissen, Rosen und Chrysanthemen bietet man oft in dieser Form an. Der höchste Punkt eines Blumenstraußes ist die Mittelblume, alle weiteren Blumen werden rundherum angelegt. Für ein Bouquet bindet man die Blumen Kopf an Kopf, die Manschette besteht aus Papier oder Blättern. Die langstielige Binderei ermöglicht eine bessere Haltbarkeit der Blumen.

- 39 -

Reinhard hat geklingelt, und diesmal hat Kristine den Summer gedrückt und öffnet oben auch die Wohnungstür, bei den letzten beiden Versuchen ist er weniger weit gekommen. Aber dann bleibt sie mit der Hand auf der Klinke stehen und tritt nicht zur Seite. Reinhard wartet, betrachtet ihre Beine und Füße in der halbdurchsichtigen schwarzen Strumpfhose, Kristine trägt keine Schuhe. Er zählt innerlich bis zehn, und dann fängt er noch einmal von vorn an und am Ende sogar ein drittes Mal, bis Kristine endlich doch die Tür freigibt.

»Sie ist nicht da, du brauchst gar nicht zu schauen.«

»Ich habe nicht ...«

Mit einer Handbewegung schickt sie ihn in die Küche. Im Flur liegen Emmas verschlammte Stiefel neben einem nassen, aufgespannten Regenschirm, Kristines Schuhe trocknen vor dem Telefontischchen, ihr Mantel auf einem Bügel, der an der Badtür hängt. In einem Eimer dreckiges Sandspielzeug. Kinderprogramm, wahrscheinlich verbringt Kristine jetzt jede freie Minute mit Emma, auf dem Spielplatz, im Planetarium, im 3-D-Kino, in der Eisdiele; Reinhard denkt daran, dass er Emma diese Dinge ebenfalls mal versprochen hat. Kristine wird das durchziehen, bis das Kind nicht mehr will. Auf dem Weg in die Küche stolpert Reinhard über einen Ball.

Sie hat sich verändert. Ihr Mund scheint sich weicher zu bewegen, ist weniger scharf begrenzt, als wäre der Lippenstift verwischt, nur dass Kristine heute keinen Lippenstift trägt, auch die Augen hat sie nicht geschminkt. Schräg hinter ihr entdeckt Reinhard einen Käfig, in dem ein Meerschweinchen hockt. Er kann sich nicht beherrschen, es platzt aus ihm heraus: »Hast du ihr jetzt doch ein Meerschweinchen geschenkt? Vor lauter schlechtem Gewissen?«

Sofort verschränkt sie die Arme vor der Brust. »Und was ist mit deinem schlechten Gewissen?«

Er hat das Gespräch ganz anders beginnen wollen, räuspert sich und sieht vorsichtig zu den Küchenstühlen hin, aber Kristine macht keine Anstalten, sich mit ihm an den Tisch zu setzen. Er fragt nach, ob die Ärztin und die Psychologin bestätigt haben, dass es Emma gutgeht.

»Reinhard, interessiert dich das? Denkst du, dass dann nichts zurückbleibt? Das denkst du wirklich, oder?« Ihr Kopf ruckt zu ihrer Schulter. »Dieses Meerschweinchen bleibt zum Beispiel zurück. Hättest du geglaubt, dass Emma bei einem wildfremden Menschen ein Meerschweinchen hat? Während sie mir erzählt, dass sie keins mehr will? Es heißt Fritz. Wenn sie es hierbehalten wollte ... ich könnte das nicht ertragen. Zum Glück findet sie Kaninchen jetzt doch besser als Meerschweinchen.« Kristine holt tief Luft. »Aber vielleicht sagt sie das nur, weil sie spürt, dass ich es nicht mit dem Meerschweinchen aushalte?« An der Fensterscheibe hängen schief ausgeschnittene Sterne aus buntem Transparentpapier. »Ich habe meine Tochter lange genug unterschätzt«, sagt Kristine. »Sie kennt mich gut. Sie kennt mich besser als du.«

Reinhard hustet. »Aber … ihr habt euch richtig versöhnt, oder?« Er hat Kristine versprechen wollen, für sie da zu sein. Wäre das Gespräch anders verlaufen, hätte er zugegeben, dass er sie vermisst.

»Sag mal«, fragt sie in diesem Moment, »kennst du vielleicht jemanden, der ein Meerschweinchen möchte? Je schneller das Tier hier weg ist, desto besser. Morgen suchen wir das Kaninchen aus.«

»Kristine, ich will …«

»Nein.«

Er denkt an das Ehepaar Schneider. Beim letzten Termin haben die beiden zu allen Vorschlägen gelächelt und genickt, Herrn Schneiders Kampfeslust hatte sich in freundliches Einverstandensein verwandelt. Endlich hat Reinhard gefragt, was denn los sei. Die Schneiders saßen nebeneinander, und Herr Schneider nahm die Hand seiner Frau. Er schob die flache Hand seiner Frau unter sein Bein. Frau Schneider lachte kurz und tat so, als könnte sie die Hand nicht wieder hervorziehen. Dann wurde sie rot. »Wissen Sie«, hat Herr Schneider gesagt, »es ist nur ein Haus. Wichtig ist nicht, wie es aussieht, sondern dass meine Rita drin wohnt.«

»Nein«, wiederholt Kristine. »*Ich* will nämlich *nicht.*«

Und Reinhard denkt an die morsche Holzkiste in der Küche von Frau Fischer; er fragt sich, ob darin schon lange eine neue Flasche Wein steht. »Kristine, es tut mir leid. Glaubst du mir das? Ich kann das Meerschweinchen mitnehmen.«

»Was?« Jetzt muss sie lachen.

Ohne sie zu berühren, schiebt sich Reinhard vorbei. Er sucht nach Griffen am Käfig, aber es gibt keine, also muss er in die Hocke gehen und ihn mit beiden Armen hochheben. Das Meerschweinchen macht einen erschrockenen Satz.

Kristine schüttelt den Kopf. »Reinhard, was willst du denn damit?«

»Na ja, was soll ich jetzt sagen? Dass ich mir immer eins gewünscht habe?«

»Aber du passt darauf auf? Du lässt es nicht einfach irgendwo stehen?«

Bevor er zur Tür geht, schließt er kurz die Augen.

Auf der Rückbank des Taxis legt er den Sicherheitsgurt um den Käfig. Das Meerschweinchen quiekt. »Eigentlich geht so was nicht«, sagt der Fahrer noch einmal, aber er hat das zusätzliche Trinkgeld schon akzeptiert und deshalb macht Reinhard sich nicht die Mühe, ihm zu antworten. Vom Rückspiegel hängt ein Duftbaum, verströmt einen penetranten Geruch, *Neuwagen* steht auf der Pappe, Reinhard denkt: bestimmt nicht. Meerschweinchen haben einen empfindlichen Geruchssinn. Reinhard beugt sich vor und schaut angestrengt auf die

Straße, kneift die Augen zusammen, er bräuchte eine neue Brille.

Er hat nicht damit gerechnet, dass in Lars' Büro noch Licht brennt. Er sieht es schon von draußen. Reinhard schließt die schwere geschnitzte Eingangstür auf und versucht, den Käfig mit dem Fuß über die Schwelle zu schieben, aber der Käfig verhakt sich. Er hebt ihn auf und trägt ihn möglichst leise in sein Büro.

Trotzdem hat Lars etwas gehört und kommt kurz darauf herein. Reinhard hat nur die Schreibtischlampe eingeschaltet, ihren Schirm sofort gegen die Wand gerichtet, aber Lars drückt auf den Schalter fürs Deckenlicht und die Leuchtstoffröhren brummen und flackern auf.

»Was machst du hier im fragwürdigen Halbdunkel?«, will Lars wissen und zieht, als er die Szene erfasst, die Augenbrauen hoch.

Der Käfig steht in der Zimmermitte, Reinhard hat gerade nach dem besten Platz für ihn gesucht. »Also …«, beginnt er, dann bricht er ab.

Lars scheint nachzudenken. »Du musst mir«, sagt er nach einer Weile, »eigentlich nichts erklären. Aber das da …« Er zeigt auf das Meerschweinchen, das in einer Käfigecke hockt und sich tot stellt. »Das da musst du mir irgendwie doch erklären.« Er grinst.

»Es ist ein Meerschweinchen.«

»Dass es kein Waschbär ist, sehe ich. Aber was tust du damit? Irgendwas Schmutziges, Sexuelles?«

Reinhard schiebt den Käfig an die Wand, neben den runden Holztisch, an dem er seine Klienten berät; er riecht das Meerschweinchen jetzt noch deutlicher als im Taxi. Prüfend tritt er zurück und lässt den Anblick auf sich wirken. »Tiere beruhigen die Klienten. Hast du noch nie davon gehört? Es gibt erstaunliche Studien … man nennt es tiergestützte Therapie. Die Leute konzentrieren sich besser, öffnen sich … Emotionale Nähe! Unbedingte Anerkennung durch das Tier!«

»Du fühlst dich von diesem Meerschweinchen anerkannt?«

»Ja. Total.«

Natürlich glaubt ihm Lars kein Wort, aber fasziniert ist er trotzdem. Er zupft die Hose über den Knien nach oben, hockt sich vor den Käfig. Ohne Umstände öffnet er die Klappe, holt das Meerschweinchen heraus, dabei knurrt er es an wie ein Hund. »Stimmt«, sagt Reinhard, »die Kommunikation soll durch Tiere auch gefördert werden … Jedenfalls werden es die Praktikantinnen lieben.« Er zuckt die Achseln und fragt ablenkend: »Und was machst du hier?«

»Ich arbeite hier.«

»Ohne Arbeit wär's nur das halbe Leben …«

»Na ja«, sagt Lars, »für dich vielleicht.«

Reinhard sieht ihm dabei zu, wie er das Meerschweinchen hoch in die Luft hebt, es absetzt und scheinbar laufen lässt, dann aber sofort wieder einfängt. Fehlt nur noch, denkt Reinhard, dass es ihm herunterfällt. Lars' hellblaues Hemd rutscht ein Stück aus der Hose, Reinhard hustet, das Meerschweinchen zuckt zusammen. »Es heißt übrigens Fritz.«

Lars fängt an zu lachen. »Bestimmt nicht!«

»Doch, es heißt Fritz.« Plötzlich ist alles in Reinhard angespannt und er hat nur ein einziges Ziel: Emmas Meerschweinchen zu verteidigen. Seinen Namen, seine Existenz, sein Fell, weder er noch das Meerschweinchen haben gerade ein besonders dickes Fell, es wird schon einen Sinn haben, dass Emma das Meerschweinchen Fritz genannt hat.

Lars, wieder ernst, dreht es auf den Rücken, es zappelt erst, dann liegt es still. Lars schiebt mit dem Finger das Fell beiseite und sagt: »Aber schau doch, Reinhard, es ist ein Mädchen.«

In der *Linde* spürt Reinhard nach einem langen Schweigen schon einen Moment vorher, dass Lars ihn jetzt fragen wird, was los ist.

»Kristine?«

Reinhard nickt. Zum ersten Mal trinken sie Korn zum Bier.

Lars prostet ihm zu. »Du schaffst das schon.«

Obwohl Lars' Bierglas noch halbvoll ist, gibt Reinhard der Bedienung ein Zeichen für die nächste Runde. »Weißt du eigentlich«, fragt er, »dass du schuld bist? Doch! Es war diese Geschichte von dir, mit dem Schwedenhäuschen!«

»Schwedenhäuschen?«

»In dem der Mann übernachtet. Dann kommt das Mädchen in seine Kammer. Wir haben dort drüben gesessen.« Die scheußliche Deko, ein künstliches Blumengebinde an der Wand über dem Ecktisch, holt den Abend zurück; Reinhard nimmt zwei Bierdeckel in die Hände und dreht sie hin und her.

Lars wischt sich Schaum von der Oberlippe, sucht offenbar in seiner Erinnerung. »Das war keine … keine Geschichte.«

Die Bierdeckel verkanten sich, und Reinhard drückt zu, bis einer von ihnen bricht. Sorgsam legt er die ungleichen Teile übereinander. »Jetzt ist es aber eine.«

Ohne den Blick zu heben, nimmt er wahr, dass Lars sein Glas wegschiebt. »Reinhard?«, fragt er. »Willst du damit sagen …«

»Jetzt ist es meine Geschichte.«

Lars runzelt die Stirn. »Was machst du denn aus den Sachen, die man dir erzählt? Ich habe doch nur … Das hätte ich nicht von dir gedacht …«

»Was hättest du nicht gedacht? Hältst du mich sofort für schuldig? Wie steht es mit *im Zweifel für den Angeklagten*?«

»Also, das müssen wir jetzt nicht fortführen! Wirklich nicht!« Lars steht auf und greift nach seinem Mantel, stößt dabei gegen den Stuhl, auf den Reinhard seine Tasche gestellt hat. Die Tasche rutscht herunter, öffnet sich, auf den Fliesen Mappen, Stifte, Reinhards Handy, eine rote Zahnbürste. Der Anblick lässt Lars zögern.

»Eine Gästezahnbürste«, sagt Reinhard leise. »Die habe ich vor ein paar Tagen bekommen. Kannst du dir vorstellen, dass es Leute gibt, die immer einen Gast erwarten?«

Lars macht einen Schritt auf die Zahnbürste zu, als wollte er sie aufheben, aber dann zuckt er die Achseln. Er dreht sich um und geht hinaus, und Reinhard starrt ihm nach, egal, denkt er, egal, sie sehen sich sowieso morgen in der Kanzlei.

Als er sich hingekniet hat und die Tasche wieder einräumt, werden hinter ihm Schritte laut. Nur einen kurzen Moment glaubt er, dass Lars zurückkommt, bevor er die Stimme der Bedienung erkennt: »Zahlen Sie dann jetzt für Ihren Freund mit?«

Er muss daran denken, dass es heißt, es gäbe immer zwei Möglichkeiten. Dabei ist das Unsinn: Eigentlich gibt es immer nur eine, und dadurch ist das dann auch keine Möglichkeit mehr. Reinhard wird Lars' halbvolles Glas nicht austrinken, er wird nichts mehr bestellen. Er macht jetzt, genau jetzt, Schluss mit dieser Geschichte, mit Gläsern und Flaschen.

Er greift nach seiner Tasche. »Natürlich, ich würde wirklich gern zahlen.«

- 40 -

Meisner steht auf der Straße. Sie haben ihn gehen lassen, und er steht auf dem Fußweg, eine Straßenbahn fährt vorbei, dann ein Bus in die andere Richtung, und Meisner steht immer noch da. Er kann sich nicht mehr daran erinnern, mit welcher Straßenbahn oder mit welchem Bus er in seine Wohnung kommt. Er muss zu einer der Haltestellen gehen, aber der Fahrplan ist eng bedruckt, Meisner starrt auf die winzigen Zahlen. Der Verkehr ist sehr laut.

Später geht Meisner, ohne aufzusehen, am Spielplatz vorbei, unter den Klettergerüsten kichern die Kinder und fangen an zu tuscheln, auf den Bänken unterbrechen die Mütter ihre Gespräche. Als er Schritt für Schritt die Treppe zu seiner Wohnung hochsteigt, hört Meisner hinter den einzelnen Türen die Nachbarn. Seine Schritte, für die er die Füße heben muss, werden immer schwerfälliger.

Er streckt die Hand mit dem Schlüsselbund aus, findet den richtigen Schlüssel und schließt die Wohnung auf. Dabei beeilt er sich. Er hat Angst, dass sich hinter seinem Rücken Frau Angerers Tür öffnet, er möchte Frau Angerer nicht begegnen – aber vor allem fürchtet er sich davor, Emma zu sehen.

Meisner gibt der Tür einen Stoß. Ein kalter Zug weht

ihm entgegen, offenbar hat die Polizei die Heizkörper ausgestellt. Auch der Geruch kommt ihm fremd vor, als hätte man etwas aus der Wohnung herausgenommen. Oder als hätte man etwas Altes wieder hineingesetzt, als wären die Körper der Eltern nach all den Jahren zurück.

Schnell tritt Meisner in den Flur. Er ist sich nicht klar darüber, ob es sich lohnt, den Mantel an die Garderobe aus Rundstäben zu hängen, die alltägliche Geste scheint ihm mühsam. Stattdessen wendet er sich gleich wieder der Tür zu, schließt von innen ab. Er dreht den Schlüssel zweimal herum, danach den Knauf des Sicherheitsschlosses, er legt die Kette vor und prüft, ob sie fest in der Schiene sitzt. In Meisners Ohren rauscht es und er denkt, dass er, bis das Rauschen aufgehört hat, lieber an der Tür, hinter der Tür, stehen bleibt. Er bleibt stehen, ohne auch nur darauf zu warten, dass das Geräusch in den Ohren abbricht.

- 41 -

»Bitte, Kristine. Bitte.«

»Nein.«

Reinhard sitzt in seiner Wohnung auf der Ledercouch und ist bis auf einen zu lange getragenen Slip und die Socken nackt. »Es geht mir aber nicht gut. Bitte leg nicht auf.« Er kann sich auf nichts konzentrieren, er kann sich nicht ausruhen. Im Hochhaus gegenüber blinken Lichter in den Fenstern, an der Fassade hängt ein überdimensionaler Weihnachtsmann. »Und es ist Heiligabend. Darf ich nachher zu dir kommen? Oder wenigstens morgen früh?«

»Wir bescheren gleich.«

Sie ruft nach Emma, Reinhard hört es nur gedämpft, Kristine muss die Hand über den Hörer gelegt haben. Er hört, wie sie lacht und Emma verbietet, ins Wohnzimmer zu gehen. Dann ist ihre Stimme wieder deutlich. »Ich kann jetzt nicht telefonieren.«

Er reibt mit dem Finger über eine trockene, juckende Stelle an der rechten Hüfte. Die Hornhaut an seinen Ellenbogen und den Füßen sieht gelb aus. »Darf ich dich später noch einmal anrufen?«

»Nein. Wenn du anrufen willst, dann nach den Feiertagen.«

»Ja, gern. Bis dann. Danke.«

Sie legt auf, und Reinhard schaltet das Telefon aus, seine Hand zuckt. Seit drei Tagen hat er kaum geschlafen, mittlerweile ist ihm vor Müdigkeit schwindlig. Nie hätte er gedacht, dass er sich Wochen, Tage, Stunden ohne Kristine nicht mehr vorstellen kann.

Er schließt die Augen. Ihren Körper kann er sich genau vorstellen. Ihr Gesicht, die Lider, die Brauen, die eigentlich zusammengewachsen sind, was man aber nur sieht, wenn Kristine die Härchen in der Mitte lange nicht ausgezupft hat. Ihre Beine, die weiche Delle im rechten Oberschenkel. Kristines Pobacken. Die Brüste, die linke etwas kleiner als die rechte.

Auf der Couch sitzend lässt sich Reinhard nach vorn fallen, zieht auch noch die Socken aus, er fährt mit den Fingern zwischen die feuchten Zehen und reibt Fussel von der Haut. Als er sich wieder aufrichtet, wird ihm schlecht, so dass er sich am Tisch festhalten muss. Er versucht sich daran zu erinnern, wann er zuletzt gegessen hat, und denkt, dass er in diesem Zustand sowieso nicht zu Kristine hätte fahren können. Er drückt die Hände auf den Bauch und steht unsicher auf. Gut ist bloß, dass er nicht nur nichts gegessen hat, er hat auch nichts getrunken. In der ganzen Wohnung gibt es keinen Tropfen Alkohol mehr.

Vor dem Kühlschrank beißt Reinhard die Zähne zusammen. Im Tiefkühlfach fertig marinierte argentinische Steaks und eine Packung Erbsen und Möhren. Um die eingeschweißten Steaks schnell aufzutauen, legt er sie in einen Topf mit warmem Wasser – er kann sie ohne

Fett in der Pfanne braten, das Gemüse wird er in Salzwasser kochen.

Mit den Töpfen und dem Besteck zu hantieren tut ihm wider Erwarten gut. Reinhard steckt sich eine noch halb gefrorene Erbse in den Mund und kaut darauf herum, kleine Häutchen bleiben zwischen den Zähnen stecken, die Erbse schmeckt trocken. Er brät und wendet die Steaks, gießt das Salzwasser ab, gibt Kräuterbutter ans Gemüse und etwas Sahne. Um zu prüfen, ob das Fleisch perfekt ist, drückt er mit dem Finger darauf. Das moderne Service hat er nach der Scheidung gekauft, aber er weiß nicht mehr, wann er das letzte Mal einen der großen rechteckigen Teller benutzt hat. Er hat lange nicht selbst gekocht, immer nur irgendwo unterwegs gegessen, in der *Linde* oder bei Kristine.

Plötzlich hat er wirklich Hunger und legt gleich beide Steaks auf den Teller, häuft Gemüse daneben. Vielleicht wird Kristine ihn später noch einmal anrufen, vielleicht will sie ihn doch sehen.

Nach dem Essen ist Reinhard wieder schlecht. Er konnte einfach nicht aufhören, bis der Teller leer war, hat gekaut und geschlungen. Er schluckt Luft, rülpst mehrmals, ohne dass das Völlegefühl nachlässt.

Während Wasser in die Badewanne läuft, schneidet er sich die Finger- und Zehennägel, setzt sich dazu auf den Boden, auf den Badvorleger, so gelangt er besser an die Füße heran. Der volle Bauch ist trotzdem im Weg. In der Wanne versucht sich Reinhard zu entspannen.

Er wäscht sich die Haare, reibt die Hornhaut an den Fersen und Ellenbogen mit einem Bimsstein weg. Das Badewasser kommt ihm lange zu heiß vor, aber die Luft im Bad zu kalt – er hat vergessen, die Heizung anzustellen. Reinhard bricht der Schweiß aus, nur an den Knien, die aus dem Wasser ragen, friert er. Wenn er den Kopf in den Nacken legt, kann er sehen, dass die Tapete an der Decke schlecht verklebt wurde. Oder hat sich der Tapetenrand erst mit der Zeit gelöst?

Von einer Sekunde auf die andere beginnt Reinhard vor Kälte zu zittern. Schnell steht er auf, zieht das Handtuch kreuz und quer über den Rücken. In der Wanne läuft das Wasser ab. Die Übelkeit kommt in Wellen, das Herz rast, im Magen scheinen sich die Steaks wieder zusammengesetzt zu haben. Reinhard blickt auf seinen aufgeblähten Bauch hinunter. Er hofft nach wie vor, dass Kristine anruft, doch so soll sie ihn nicht sehen. Er sucht nach der Bodylotion und cremt sich ein, schwitzt aber so stark, dass er eigentlich noch einmal duschen müsste.

Es wäre, denkt er plötzlich, eine Erlösung, sich zu übergeben. Das ekelhafte Essen loszuwerden, den Bauch loszuwerden. Er stellt die Bodylotion weg, er zögert, dann kniet er sich vors Klo. Erinnert sich an die Frau mit den dunklen Haaren, an ihre Knie auf den gesprungenen Fliesen in der Toilette des *B.*

Endlich beugt er sich über die Kloschüssel, drückt probeweise auf seinen gurgelnden, schmerzenden Bauch, bevor er sich zwei Finger in den Mund steckt.

Er hat das noch nie getan, die Finger schmecken nach Bodylotion, Reinhard schiebt sie so weit wie möglich in den Hals, bewegt sie hin und her. Das erste trockene Würgen klingt wie ein Husten, er greift mit der anderen Hand nach der Klobrille, stützt sich ab, seine Augen tränen. Als er wieder würgen muss, läuft ihm Speichel aus dem Mund, aber schließlich schafft er es, einen Schwall Unverdautes zu erbrechen. Der zweite Schwall kommt fast von allein.

Später am Abend ruft er – nein, nicht Kristine –, er ruft Annemarie an. Er muss eine Weile nach ihrer Nummer suchen. Als sie sich nach dem dritten Klingeln mit ihrem Mädchennamen meldet, ist er so überrascht, dass er erst nichts sagen kann. Sie fragt noch einmal, wer dran ist.

Er räuspert sich: »Ich bin es.«

»Und wer ist ich?«

»Na ich, Reinhard.«

Zögernd fangen sie an zu reden: wie es geht, wie es gemeinsamen Bekannten geht. Aber dann will Annemarie rundheraus wissen, warum Reinhard sich meldet. »Da ist doch etwas«, sagt sie, »so gut kenne ich dich noch.«

Und deswegen hat er ja angerufen: um ihr die ganze Geschichte zu erzählen. Ihm ist sonst niemand eingefallen. Sie haben immer so gut miteinander sprechen können, über alles. Annemarie hat das seltene Talent, genau die richtigen Fragen zu stellen. Und sie ist in der

Lage, ein Thema gleichzeitig von vielen Seiten zu betrachten.

Es hat sich richtig angefühlt, ihr alles zu erzählen, aber als er jetzt beginnt, am Anfang oder an dem Punkt, den er für den Anfang hält – da kommt er schnell ins Stocken. Er stottert, vertut sich in den Monaten, weiß nicht mehr, wo er mit einem eben begonnenen Gedanken hinwollte. Und noch bevor er zum Eigentlichen gelangt ist, schließt Reinhard den Mund und verstummt. Denn Annemarie sagt überhaupt nichts. Sie ist einfach nur still am anderen Ende. Und so, am Telefon, kann er sich nicht einmal sicher sein, dass sie ihm zuhört.

»Bist du noch dran? Annie?«

»Ja.«

»Aber was denkst du denn?«

Sie zögert. Er zählt die Sekunden, und erst nach der fünften oder sechsten sagt Annemarie leise: »Reinhard, du redest ganz anders. Ich glaube, ich kenne dich doch nicht mehr.«

Sie schweigen. Er weiß nicht, wie er nach diesem Satz wieder anknüpfen soll. Und erst jetzt fällt ihm die Frage ein, die er gleich zu Beginn des Telefonats hätte stellen müssen. Vielleicht hat Annemarie gar keine Zeit, mit ihm zu telefonieren? Er fragt: »Kann es sein, dass du nicht allein bist?«

Wieder schweigt sie lange. Und als sie endlich betont bestimmt antwortet: »Ja, es ist jemand bei mir, es passt gerade schlecht!« –, da kann er nicht einschätzen, ob sie wirklich Besuch hat. Oder einfach nur nicht mit ihm sprechen möchte.

Er verabschiedet sich höflich, bevor er auflegt.

Etwas an ihm zieht sie an, zieht sie wieder zu ihm hin: Kristine zieht Reinhard aus. Es ist Nacht, trotzdem fällt von draußen Licht in Kristines Schlafzimmer, beleuchtet eine Hälfte ihres Gesichts, die andere liegt im Schatten. Reinhard flüstert: »Du verzeihst mir?«

»Ja. Ich habe dich so vermisst.«

Er erkennt den verliebten Blick, flüstert: »Weißt du, wie schön du bist?«

»Ja.«

Der scharfe Knick von Kristines Taille, ein Knie leuchtet auf, ein Oberarm, ein Stück Rücken. Als Reinhard in Kristine eindringt, keucht sie. Er hat das Gefühl, dass die Bewegung nicht endet, dass es keinen Grund gibt, er sinkt tiefer, rutscht, kämpft, schwankt und schwitzt. Kristines Hände spürt er überall auf seinem Körper gleichzeitig, mal streichelnd, mal fest. Sie legt den Mund über seinen Adamsapfel und wartet, bis er schluckt.

Hier geschehen Dinge, die nichts mit ihm zu tun haben, keinem seiner Pläne folgen. Etwas ist anders als früher, Kristine ist anders. Er schließt die Augen. Kristine pustet auf seine Lider und tupft mit einer Fingerspitze, die sie angeleckt haben muss, über die weiche Haut neben den Augenwinkeln. Reinhards Mund steht offen, er kann Kristines Atem schmecken.

Zuerst liegt er oben, dann kniet sie über ihm. Sie stöhnt, bis sie heiser ist. Als sie kommt, schreit sie auf, fängt an zu weinen, deckt ihn mit ihrem duftenden Körper zu, lässt ihre Arme auf seine sinken, er spürt ihre Brüste, ihre Oberschenkel auf seinen Oberschenkeln, ihre Knie an seinen Knien, nur bei den Füßen passt es nicht mehr, Kristine ist kleiner als Reinhard. Sie fährt mit den Zehen um seine Fußgelenke.

»Sich mit dir zu versöhnen«, flüstert er, »ist wunderbar. Ich möchte dir etwas sagen.«

»Ja.«

»Ich möchte diesen Satz sagen, du weißt schon. Ich …«

»Ja. Ich weiß.«

»Ich liebe …«

»Ja.« Sie sagt immer wieder ja. Sie liebt ihn auch.

Sie dreht sich herum, rutscht von ihm herunter, und er schiebt glücklich zwei Finger zwischen ihre linke Brust und die Haut über den Rippen. Dann schlafen sie ein zweites Mal miteinander.

Später denkt Reinhard die ganze Zeit an einen bestimmten Moment: Als es nichts mehr zu tun und zu sagen gab und er die Augen aufschlug und sah, dass Kristine ihn prüfend betrachtete und sich, ohne dass er es bemerkt hätte, längst etwas übergezogen hatte.

Sie stehen im Flur. Nun gibt es wirklich nichts mehr zu tun. Er knöpft den Mantel zu, öffnet den obersten Knopf wieder, tastet nach dem Portemonnaie, gleich wird er Geld fürs Taxi brauchen. Er schaut sich um, soweit er die Wohnung von der Tür aus überblicken kann.

Emma übernachtet bei einer Freundin, Reinhard weiß deshalb nicht, wie Kristine den angebrochenen Abend beenden wird. Vielleicht wird sie die Silvesterfeier planen, bestimmt hat sich Emma eine Silvesterfeier gewünscht, für die es viel vorzubereiten gibt, Bleigießen, Luftschlangen, Knallbonbons, glitzernde Dinge, die durch die Luft sausen. Wie konnte er glauben, Kristine zu kennen: Er kann sich nicht einmal vorstellen, was sie tut, wenn er nicht bei ihr ist.

Noch einmal fragt er: »Bist du dir sicher?« Sie nickt, als wollte sie damit auch die Erinnerung an die vergangenen beiden Stunden loswerden. Reinhard hat diese letzte Verabredung, ihre geplante Versöhnung, genauso sachlich entworfen wie alle bisherigen Spiele. Aber er hat sich etwas anderes davon erhofft.

»Ein letztes Mal, das hast du doch gesagt«, wiederholt Kristine seine Worte. »Du hast immer gesagt, es ist nur ein Spiel, und wir spielen es so lange, wie es uns Spaß macht.«

Sie haben sich aber – das denkt er, das sagt er nicht –, die letzten beiden Stunden haben sich aber wahr und wahrhaftig angefühlt. Als Kristine auf ihm lag, hatte er nicht das Gefühl, sie spiele eine Rolle. Er hatte auch nicht mehr das Gefühl, dass sie ihr eigenes, ihr ganzes Leben nur spiele.

Sie öffnet ihm die Tür und er stolpert an ihr vorbei, dabei sieht er, wie sich ihr Blick schon nach innen kehrt, nach hinten, in die Küche geht der Blick oder zu Kristines Alltag, einem, in dem Reinhard nicht mehr mitspielt. Er denkt: Dann bleibt ja nichts zurück.

»Kristine, sag mir nur, dass du mich nicht liebst, und ich gehe sofort!«

»Ja, dann geh doch sofort.«

In der Kanzlei wird die Heizung nachts abgestellt, deshalb hat er seinen Mantel anbehalten. Reinhard sitzt auf dem Boden, lehnt mit dem Rücken an der Wand, neben dem Käfig, dessen Klappe geöffnet ist. Das Päckchen, das er an einem Kiosk gekauft hat, hält er in der Hand, und er raucht schon die dritte Zigarette. Das Meerschweinchen ist in der letzten halben Stunde mutiger geworden, es hat Luftsprünge gemacht, auf dem Parkett alle Beine gleichzeitig hochgeworfen, und danach ist es wild umhergelaufen. Jetzt klettert es über Reinhards ausgestreckten Körper, es ist ein dreifarbiges Rosettenmeerschweinchen, Reinhard hat acht Rosetten gezählt. Die Meerschweinchenaugen sind rot, über den Augen stehen die Haare zu Berge, was dem Meerschweinchen etwas Vorwitziges gibt.

Reinhard lässt die Zigarettenpackung fallen, er nimmt die Brille ab und fährt sich mit der Hand übers Gesicht. Das Meerschweinchen schiebt den Kopf in Reinhards Armbeuge. »Na, du?«, sagt er. Er drückt die Zigarette auf dem Boden aus, die kalte Heizung knackt.

Die Autorin dankt dem Heinrich-Heine-Haus Lüneburg, der Deutschen Akademie Rom Casa Baldi, der Akademie Schloss Solitude in Stuttgart und dem József Attila Kör in Budapest für die ermutigende Unterstützung ihrer Arbeit.

Franziska Gerstenberg
Wie viel Vögel
Erzählungen
232 Seiten. Gebunden.
ISBN 978-3-89561-340-1

»Ein exzellentes Debüt mit poetisch genauen Momentaufnahmen aus dem neuesten Deutschland, aus jenen dürftigen Lebenszonen, in denen die Grenzen zwischen Ost und West bereits verwischt sind. Leuchtende Bilder und funkelnde Wendungen, originelle Zeichen vom Lebensgefühl einer Generation – und von einem großen Talent.«
Franz Haas, Neue Zürcher Zeitung

»Hut ab, was für ein Talent, was für ein Versprechen.«
Uwe Wittstock, Literarische Welt

»Wo andere ihre Muskeln spielen lassen, tastet sie sich vorsichtig heran, zart beinahe und doch zielgerichtet. Der Himmel über Leipzig ist nicht mehr geteilt.«
Hubert Spiegel, Frankfurter Allgemeine Zeitung

Schöffling & Co.

Franziska Gerstenberg
Solche Geschenke
Erzählungen
248 Seiten. Gebunden.
ISBN 978-3-89561-341-8

»Geschichten aus alltäglichen Beiläufigkeiten und subtilen Leitmotiven, in denen plötzlich sichtbar wird, an welchen seidenen Fäden oder starken Tauen das Leben hängt.«
Richard Kämmerlings, Frankfurter Allgemeine Zeitung

»Franziska Gerstenberg schreibt meisterliche Erzählungen, in denen vom gesamten Tonfall bis in die Interpunktion alles klug ausbalanciert ist und trotzdem ein unmittelbar wirkender Sog entsteht. Ihre neuen Erzählungen halten immer das Niveau der früheren Sammlung, in ihren intensiven Momenten der Verletzung und des Schmerzes, der Entblößung und der Scham, der Intimität und Intensität also, gehen sie sogar einen Schritt darüber hinaus.«
Hubert Winkels, Deutschlandfunk

»Franziska Gerstenberg versteht es, dezent und einfühlsam die Psychologie ihrer Figuren auszuloten, ihre Einsamkeiten, Desillusionen und Enttäuschungen ebenso unaufdringlich wie eindringlich zu beschreiben. Sie beherrscht die Form der Kurzgeschichte perfekt.«
Jochen Rack, SWR

Schöffling & Co.